Sonya
ソーニャ文庫

冷徹伯爵の愛玩人形

山野辺りり

イースト・プレス

contents

プロローグ

お前ほど運のいい娘はいないよ。

その言葉には同意以外何もなかった。だからこそ『顔が多少整っているだけで、あんたばっかりいつも狡《ずる》い』と、同じ養護施設で暮らす女児に意地悪されても、仕方のないことだと我慢できた。

あの子の気持ちもよく理解できたためだ。

親に先立たれたり捨てられたりして、住む場所もない子どもが頼れるのは、国や貴族が運営する施設のみ。

入所できれば雨風はしのげるし、最低限の食事も与えられる。

しかしそういった場所は常に定員いっぱいで、決して『充分』ではなかった。

育ち盛りの子どもらには到底足りない食事量に、つぎはぎだらけの服。隙間風が吹きすさぶ部屋に何人も詰め込まれ、仮に病に罹《かか》っても薬を買う余裕はない。

だがそれでも、路上で飢えと寒さに耐え、身の危険に怯《おび》えながら生きるよりも随分マシだ。

それは施設で生活する当事者たちが一番分かっているだろう。

とはいえ、決して満足しているのでもない。どうしようもなく愛情に飢えている。職員に自分だけを見てほしいと願いつつも諦め、全員同じだから仕方ないと自らに言い聞かせ、そんな同列である子どもたちの中から、この度シェリルが貴族の屋敷に引き取られることが決まれば――やっかみが集まるのは当然のことだった。

それも下働きではなく、養子としてだ。

勿論《もちろん》中には『おめでとう』と我がことのように泣いて喜んでくれた者もいる。別れを惜しんで、自作した押し花を贈ってくれた子も。

だが大半は『羨ましい』を『狡い』に言い換えて、シェリルに嫉妬と羨望をぶつけてきた。

八歳ながら大人びていたシェリルには、彼らの心情が理解できる。故に、言い返そうとも思わなかった。

――でも、あの子が言うほど私は顔が整っているってわけでもないのにな……

どちらかと言えば地味だと自分では思っている。

明るい茶の髪なんて特別珍しくもないし、痩せぎすの身体は手足が小枝のようだ。深みのある緑の瞳を褒められることは多かったものの、それとて華やかさには欠けている。

口数が少ないこともあり目立たないので、悪く言えば陰気臭い――というのがシェリル自身の自己評価だった。

表情が乏しい点も、面白みがない。喜怒哀楽を表現するのが苦手なのだ。心の中ではあれこれ思っていても、いざ外に出そうとするとどうすればいいのか分からない。結果、押し黙る。

そういう性格の自分があまり好きではないし、正直なところ嫌いだ。

だとしても『落ち着いて慎ましやかな女の子を娘にしたかったんだ』と新たに養父となる人に言われ、内心ほっとしていた。

そのままでいいと言ってもらえたようで、心地よかったから。

――だからやっぱり私は、並外れて運がいいんだわ。神様に感謝しなくては。

シェリルがゴールウェイ伯爵家へ迎え入れられるにあたり、養父に願い出たことは一つだけ。

自分がいた養護施設へ、今後も支援を続けてほしいということだった。それ以外は何も望まない。

代わりに、養父の望む通り精一杯努力して立派な貴族令嬢になってみせると誓った。

彼の希望を叶え、非の打ち所がない淑女を目指す。それこそが今の自分にできること。

これからは飢えに苦しむことも、寒さに凍えることもなく、上質な教育まで受けさせてもらえるなんて夢のよう。

ならば厳しいレッスンや難しい勉強も手を抜くことなく懸命に取り組もう。

身に余る幸運に、少しでも報いるために。

シェリルが養護施設に別れを告げ、決意を胸に今後我が家となるゴールウェイ伯爵家へ足を踏み入れた日。

あの日のことは、おそらく一生忘れられない。城と見紛う立派な屋敷に圧倒され、ずらりと並ぶ使用人らに頭を下げられて、どこもかしこもピカピカでいい香りのする場所に、すっかり委縮していた。

道中乗せられた馬車の中でも、自分などが腰掛けていいものかどうか悩んだほどだ。

養父が用意してくれた新品の服が似合っているとは思えず居た堪《たま》れなくて、挙動不審になっていたと思う。

いくら『今日からここがお前の家だよ』と告げられても、無邪気にはしゃげるわけもない。

そんな緊張で俯《うつむ》きがちだったシェリルの前に差し伸べられた手。まだ大人にならない小さく細い指を辿り顔を上げれば、不安でいっぱいだった心を強く揺さ振られた。

『君が僕の妹になるんだね？　初めまして。僕はウォルター』

そう言って微笑んでくれた少年は、シェリルがこれまで出会ったどんな人間よりも美しかった。

輝く黄金の髪に優しい茶の瞳。しかも虹彩は角度によって緑や金が浮かび、神秘的だっ

た。更には芸術作品も裸足で逃げ出しかねない精緻な美貌。

幼くして完成された容姿には、息を呑《の》まずにいられない。十人いれば十人が称賛の声を漏らすのではないか。

年齢は十一歳と聞いたけれど、洗練された所作や纏《まと》う穏やかな空気が、彼をとても大人びて見せた。

『今日から僕が君の兄だよ。こんなに可愛い妹ができるなんて、とても嬉しいな。今日会えるのを、楽しみにしていた。実は僕、妹か弟を目一杯可愛がって、我《わ》が儘《まま》を言われるのが夢だったんだ』

上手く名乗れたかどうか、シェリルには鮮明な記憶がない。

それほどウォルターとの対面に動揺し、舞い上がってしまった。

こんなに綺麗で優しげな人が自分の兄になるなんて到底信じられない。あまりにも過ぎた幸運だ。

ただでさえ想像もできなかった境遇を与えられ、夢見心地になったのは否めなかった。

まるで物語の主人公になったよう。

突然の幸福により、辛かったこれまでの人生がひっくり返る。これからはずっと幸せなことばかりが広がっている——そう、思い描いてしまうくらいに。

愚かな希望がすぐさま砕かれることになるとは、この時のシェリルは考えもしなかった。

1　守りたい秘密

冥福を祈る鐘の音を、シェリルは上の空で聞いていた。

ただし普段の慎ましやかな振る舞いと、瞳を隠すベールのおかげで、他人からは沈痛な面持ちに見えることだろう。

実際には心ここにあらずで、『やっと終わった』喜びを押し殺しているのだとしても。

養父の葬儀は、ゴールウェイ伯爵当主に相応しい厳かで格式高いものだった。

参列するのは国内の高位貴族に留まらず、異国の使者も遠路はるばるやってきている。

それどころか王室の代理人まで顔を見せ、方々で『流石はゴールウェイ伯爵だ』と囁《ささや》かれていた。

ゴールウェイ家はそこそこ長い歴史があり、過去には王族と縁組したこともある上、国の行く末を決める貴族議会の名簿に養父が名を連ねていたのだから、当然かもしれない。

さりとてこの大勢の人間の中で、いったい何人が本当に心から悲しんでいることか。少なくとも一片の悲哀も抱けないシェリルは、己の薄情さにそっと息を吐《つ》いた。

――私と同じで『泣いている振り』をしている人たちばかり。そんなことよりも、この先事業や出資、莫大な財産がどうなるのか、空いた貴族議会の席を誰が埋めるのかが気になって仕方ないみたい。

陰鬱な雰囲気の中、人々の関心は大部分が『次の伯爵』になる嫡男《ちゃくなん》のウォルターへと向けられていた。

そんな窺《うかが》う視線をものともせず、彼は硬い表情で父親が埋葬されるのを見守っている。引き結ばれた唇は、昔と変わらない生真面目さが滲《にじ》んでいた。

けれど伸びた手足や立派な体軀《たいく》、キリッとした眉や男性的になった顔立ちが、過ぎた年月の長さを物語っている。

もはやシェリルとウォルターが初めて出会った十一年前の、線が細い少年はどこにもいない。

そこに佇んでいるのは、二十二歳という若さにも拘《かか》わらず、既にゴールウェイ伯爵家当主としての風格を身につけた青年だった。

かつての秀麗さはそのままに、今は大人の男性たる堂々とした美丈夫だ。やや近寄りがたい硬質さも漂わせ、好奇の眼差しを向ける人々を、無言で威圧していた。

誰もが声をかける機会を探りつつも、それぞれ牽制《けんせい》し合っている。

そうでなかったとしても、父親を喪《うしな》ったばかりの若者へ野次馬根性剝《む》き出しの視線を注ぐことに、人々も若干の抵抗があるらしい。

やや距離を取りつつ囲まれたウォルターは、一種孤高の空気を滲ませていた。

気軽には話しかけられない。だが接触を図る機会を皆が窺っている。そしてシェリルもそのうちの一人だった。

――葬儀に関する手配は全てお兄様がしてくださったけれど、まだまともにご挨拶もできていないわ……

彼と顔を合わせるのは随分久し振りだ。ウォルターは寄宿学校を卒業した後、そのまま一人暮らしを始めてしまったので、ゴールウェイ邸に戻ることがなかった。その後は多忙を理由に屋敷へ寄り付かない。

何でも在学中に築いた人脈を生かして起こした事業が、軌道に乗っているのだとか。

彼自身、よもやこんなにも早く父が逝ってしまうとは思いもよらなかったに違いない。爵位を継ぐのは数十年後だと考えていたはずだ。

――私だってまだ心の整理がついていない。ただ、育ててもらった恩はあっても――悲しくないのは事実だ。『娘』のくせに、最低ね……でも私自身の感情は置いておいて、せめてお兄様の悲嘆に寄り添うことで罪滅ぼしをしなくては――

ウォルターはシェリルが伯爵家に引き取られて一年もしないうちに全寮制の学校へ入学してしまった。そのため、シェリルと同じ屋根の下で暮らしたのは、僅《わず》か一年弱だ。

それでも、兄にはとても可愛がってもらった思い出がある。『ずっときょうだいがほしいと思っていたんだ』と言ってくれた声は、今も耳に残っていた。

彼を生んだゴールウェイ伯爵夫人は早くに亡くなってしまったそうなので、『家族』の情に飢えていたのかもしれない。

突然できた『妹』に対して、ウォルターはこの上なく誠実に接してくれた。シェリルが元孤児であり、平民だったことは知っているはずなのに、一切気にする素振りもなく、にこやかに『家族』として迎え入れてくれた。それがどれだけ嬉しかったことか。

嫌がらせを受けても仕方ないと身構えていたシェリルは大いに安堵し、たちまち彼に懐いたのは、自然な流れ。

施設でも年上の男の子は何人もいたが、ウォルターほど優しく紳士で麗しい子どもはいない。世の中にこんな人間がいるのかと驚いたものだ。

秋には心細さであまり眠れないシェリルのために遅くまで本を読んでくれ、冬には領地内にある凍った湖でスケートを教えてくれて、春になれば馬に乗せてくれた。

残念ながら夏になると彼の寄宿学校への入学が急遽決まり、共に過ごすことはできなくなったけれども。

——勉強が大変で帰省は数年に一回だった。それでも手紙のやり取りが、どれだけ私を慰めてくれたことか……

折に触れ届くウォルターからの手紙を、シェリルは何よりも楽しみにしていた。

友人との会話、興味深かった講義、美味しかった料理など。何気ないことが綴られた書簡が、彼の日常を教えてくれた。

それを読んでいる間だけは、シェリルは己の境遇を忘れられたものだ。

——でもいつの間にか手紙すら途絶えてしまった……最後に私的な手紙をいただいたのは……四年前？

思い返すと胸が痛む。

卒業前にウォルターが久方振りに帰省した年以降、何度こちらから手紙を書いても返事はもらえなくなった。

厳しいことで有名な学校で主席を維持し続けただけでなく、自ら会社を興し利益を生み出しているのだから、ウォルターが多忙であるのは想像に難くない。

血の繋がらない妹に手紙を書く暇も惜しいのだろう。

そう自分を納得させ、シェリルにできたのは彼を煩《わずら》わせないことのみ。つまり催促だとは思われぬよう、こちらからも手紙を出すのをやめたのだ。

以来、シェリルの支えであった交流は途切れた。

故に今回、養父の急死にあたり、必要に駆られて連絡したのはかなり久し振りだ。包み隠さず言うなら、とても緊張した。

また返事をもらえなかったらどうしようと怖くもあったのだが、それはいくら何でも杞憂であったらしい。

シェリルの知らせに応じて、ウォルターはすぐ返信をくれた。葬儀や埋葬、他諸々の手続きは全て彼が行うので手を出さないようにと。その言葉通り、シェリルが何もせずともこうして完璧な葬送の場が設けられたのである。

ただ、彼がゴールウェイの屋敷へ到着したのは今朝早く。父親の亡骸《なきがら》との対面もそこそこに、シェリルと座って話す時間は今のところなかった。

――全てが終わったら、お兄様と話す時間をいただけるかしら？

以前よりも鋭さが増した彼の横顔を盗み見る。

父親の死を悼んでいるに違いない。ウォルターは男手一つで息子を育てた父親をとても尊敬しており、いずれ立派な後継者になるとよく口にしていた。

領民に慕われ、慈善活動に熱心な人格者。そう称えられた父親のようになるために頑張っていると、手紙にも認めていた。

――だからこそ、言えなかった。これから先も一生秘密にしなくてはならない。『あのこと』は……私が口を噤《つぐ》めば、なかったことになる。

これが養父の死にホッとしているシェリルにできる贖罪《しょくざい》だ。

何を犠牲にしてでも、ウォルターが抱く父親像を守ること。それ以外、シェリルにすべきことは思いつかなかった。

――だけどこれで……やっと解放されたんだ。

じわりと滲む喜びは、嫌悪感を伴っている。仮にも養父が埋葬される場で、十年以上育ててもらった娘が考えることではない。

心底自分の酷薄さに嫌気がさしたが、深く考えまいとした。

最低限、娘として今日は養父を悼む演技をしなくては。今まで何不自由なく育ててもらった恩義を差し引いても、それがシェリルにできる限界だった。

秘密を封印すること。そして養父を立派な父親として見送ること。世間体を守っただけでも、本音では感謝されたいと思っている。

もっとも、過去を詳《つまび》らかにしないのは養父のためだけではなかった。

公になれば、自分もウォルターも致命傷を負う。それが分かっているからこそ、全てを闇の中へ沈めたい。決して養父への配慮ではない事実が、余計にシェリルの後ろめたさを刺激していた。

どこまでも打算。我が身可愛さの保身を否定できない。

けれどせめて兄にだけは――死んでも知られたくないと思い、シェリルは強くハンカチを握りしめた。

完全に地中に埋められた養父の棺へ聖職者による祈りが捧げられる。参列者も首を垂れた。

本日の儀式の終わりを告げるかのように、再び鐘の音が鳴り響く。鎮魂を願う神聖な音が煩《うるさ》く感じられてしまうのは、おそらくシェリルの心境のせいだろう。そう、思いたかった。

「――お嬢様、戻りましょう」

一際《ひときわ》深く俯いていたシェリルは、傍らに控えたメイドの声で我に返った。顔を上げ周囲を見回せば、既に大半の人々は移動し始めている。

残っているのは、ウォルターへお悔やみを告げるために順番待ちをしている者ばかりだった。

――お兄様、まだ当分お忙しそうね。すぐには時間をいただけなそう。

彼を取り囲む輪の中へ、強引に入り込む勇気もない。

シェリルは正式に養女として迎え入れられ、伯爵令嬢を名乗ってきたけれど、それを快く思っていない人々もいるのだ。

特にゴールウェイ伯爵家に連なる傍系にとっては、ひどく異物に見えるのだろう。

本来なら立派な嫡子であるウォルターがいればそれで充分なのに、わざわざ氏素性の知れぬ平民の孤児を一族へ迎え入れるなど、正気の沙汰ではないと思われても仕方なかった。

この国では身分の壁は分厚い。しかも当然ながら、財産分与にも影響を及ぼす。

あわよくばウォルターへ自らの娘を嫁がせたいと画策している者からすれば、シェリルは義妹になるのだ。

邪魔だと囁かれたこともあるし、養父の奉仕活動は度を越していると大声で罵《のの》られたこともあった。その過程で、『どんな手を使って取り入ったのだ』と下卑た目で見られたことも。

あの時は穏便に流したものの、内心とても傷ついた。

何故なら、当たらずとも遠からずだとシェリル自身が分かっていたからだ。

「……お嬢様？　大丈夫ですか？」

「あ……ご、ごめんなさい。そうね、屋敷に戻りましょう……いらしてくださった方々にお礼を伝えなくては……」

「それなら僕が全て終わらせたので、シェリルは表に出なくていい」

一向に歩き出さないシェリルを案じたメイドに再度呼びかけられ、シェリルは足を踏み出そうとした。

しかし直後に硬質な声でその場に縫い留められる。

低く滑らかな声音が鼓膜を擽《くすぐ》り、シェリルはどうしてか肌が粟立つのを感じた。

「お兄様」

「顔色が悪いな。僕ももう屋敷へ戻る。一緒に帰ろう」

さも当たり前と言わんばかりの仕草で背中を押され、シェリルは操られるまま前に進んだ。

足が縺《もつ》れそうになりつつも、懸命に頭を働かせる。まさか彼から自分へこんなに早く話しかけてくれるとは思っていなかった。

少なくとも、シェリルをよく思っていない親類が大勢いる場所では、さりげなく避けられると諦めていたのに。

「あの、お兄様」

「ウォルター！　まだ話は終わっていないぞ。これからのゴールウェイ伯爵家の未来について早急に話し合わなくてはならない。私を頼りなさい」

進路を塞ぎウォルターを引き留めようとしてきたのは、養父の弟だった。つまりシェリルにとっては叔父だ。そしてシェリルを『よく思っていない』筆頭でもあった。

「まだ若輩のお前には由緒あるゴールウェイ伯爵家を一人で支えるのは難しいだろう。しかもまるで屋敷に寄りつかないと聞いているぞ。ここは兄上の信頼が厚かった私に任せなさい。お前の心強い後ろ盾になってやる」

生前の養父と叔父は、ろくに顔を合わせることもない薄い関係だった。懇意にしていたとは到底言えない。手紙のやり取りや季節の挨拶、家族同士の交流もしていなかったのを、シェリルは知っている。

それなのに堂々と信頼が厚かったと嘘を吐《つ》き、恩着せがましく後ろ盾になってやると発言する面の皮の厚さには恐れ入る。

シェリルが呆《あき》れと驚き混じりに眼を見張れば、叔父はあからさまに顔を歪《ゆが》めた。さも汚らわしいものを見る眼差しをシェリルに据え、わざとらしい溜め息まで吐いて。

「まったく、面倒なものを残して逝ってしまうのは、いかにも兄上らしいな。――ウォルター、お前だって分かっているだろう。具体的に話し合わなくてはならない案件があるじゃないか」

考えるまでもなく、それはシェリルに関することに違いない。

養父の一存で引き取られた娘の処遇をどうするのか。一番可能性が高いのは、シェリルを適当な家へ嫁がせてしまうことだ。

実子でなくても、ゴールウェイ伯爵家と縁続きになりたいと目論《もくろ》む家門はいくらだってある。

叔父は邪魔なシェリルを他所へやり、かつ婚家から大金をせしめる方法に思いを巡らせているのがあからさまだった。

こちらを値踏みする視線は、シェリルを如何に高く売るか試算しているものだ。

――そんなに警戒しなくても、私はお父様の遺産に手を付けるつもりはないのに……ああ、だけどどんな形であっても平和的にこの家から自由になれるのなら、それはそれで幸せかもしれない。

新しい人生を歩む想像をし、心が軽くなるのと同時に軋《きし》むものがあった。

後者について理由は考えたくない。もう何年も、今いる地獄からの脱却を望んでいた。それなのにいざその時が眼前に迫れば、揺れる心の置き所を深く探るのは躊躇《ためら》われる。嫌な思い出ばかりの屋敷から出られる喜びと、愚かにも後ろ髪を引かれる思いに引き裂かれ、自分でもよく分からなくなった。

叔父がシェリルに向かい舌打ちをする。養父が健在だった頃は多少嫌悪感を隠していたものの、もはや気を遣う相手はいないので悪びれた様子は微塵《みじん》もなかった。

「ウォルター、お前のために言っているんだ。今後は血の繋がった我らが協力していかねばな。本当ならお前は、卑しい者と関わる必要がない生まれなのだぞ。忘れたのではあるまいな？　お前の母親は――」

「叔父上、その件は貴方が口にしていいことではありませんよ」

冷ややかに遮られた叔父は、もごもごと口籠《くちご》もった。何やら、この場では不適切な話題であると自分でも悟ったらしい。芝居がかった咳をすると、ごまかすためかシェリルを改めて睨《にら》み付けてきた。

「まったく……まぁ見てくれは悪くないから、後妻に欲しがる者もいるだろう」

無意識に漏れ出たシェリルの呼気は、掠れた悲鳴じみていた。

居た堪れない。本音では、すぐにでもこの場から逃げ出したい。

それなのにいつの間にか手首をウォルターに握られ、身を翻《ひるがえ》すことはできなかった。

「叔父上、我が家のことは僕が考え決定を下します。ご心配には及びません。父上の意向は重々承知しておりますので、口出しは無用です」

口調は丁寧ながら、辛辣《しんらつ》な声音にはハッキリと『拒絶』が感じられた。

これ以上踏み入ってくるなと言外に告げている。

もっと言うなら『部外者は黙っていろ』という恫喝《どうかつ》が滲んでいた。

「な……っ、お、お前……っ」

叔父は二十二歳の若造である甥に、こうまで強く出られるとは想像もしていなかったらしい。

一瞬虚を突かれた顔をした後、頬に朱を上らせた。

「無礼にもほどがある！」

「それは大変失礼いたしました。ですが僕らは二人きりの兄妹であり、今は父上を見送ったばかりで悲しんでおります。もう少し配慮してくださってもいいのではありませんか？　埋葬を終えた直後の墓地で、嬉々として財産管理の話をされる身になってください。叔父上も実の兄を亡くし、悲嘆に暮れていらっしゃるのですよね？」

痛烈な皮肉が伝わったのか、叔父はますます顔を歪め赤くなった。

周囲の人々は気まずげに一歩引く。大方彼らも叔父と似たような話をウォルターにするつもりだったに違いない。

叔父へ向けられている非難の矢面に、代わりに自分が立たされては堪らないと言いたげだった。

「……っ、ま、まぁゴールウェイ伯爵家を思うあまり、私が少々先走り過ぎたようだ。確かに焦ってする話ではなかったな」

「心の整理がつき、色々な手続きを終えたら、叔父上に関することはご連絡いたします。それまでお待ちください」

それ以外では報告する義務はないと言ったのも同然のウォルターが、居並ぶ面々を睥睨《へいげい》する。冷ややかな眼差しには、若さをものともしない威圧感が潜んでいた。気圧《けお》された親類縁者は誰もが視線を逸らして押し黙る。叔父を含め、もうウォルターを引き留めようとする猛者はいなかった。

——これほど冷たい目をしたお兄様は初めて見るわ……

優しく微笑んでくれた記憶ばかりが残っている。シェリルの知る彼は穏やかでいつも温かな空気を纏っていた。

それなのに今は握られた手首から冷気が伝わるよう。絡む男の指はむしろ熱いにも拘わらず、寒気がするのが不可解だった。

——いいえ、今朝屋敷に到着した時から、表情が凍り付いていらした。てっきり、父親を亡くした心痛のせいだと思い、疑問には感じなかったけれど——

シェリルはウォルターの様変わりした雰囲気に戸惑わずにはいられない。最後に会った時とはまるで別人だ。沢山の色を内包し煌《きら》めいていた瞳は現在、暗く澱《よど》んで見えた。

——どうして……？　何だかとても嫌な予感がする。

怖気《おぞけ》づいた脚がよろめく。けれど立ち止まることは許してもらえない。逆に力強く腕を引かれ、シェリルは無言で歩き続けるより他なかった。

当然ながら、こちらから質問できる空気でもない。

やがて待機していたゴールウェイ伯爵家の馬車へ辿り着き、半ば強引に押し込まれた。驚いたのは、ウォルターも同じ馬車へ乗り込んできたことだ。

ここに来た時には別々だったので、シェリル付きのメイドであるハンナも意外だったのか、控えめに瞠目《どうもく》した。

「え……っ？」

「何か問題でも？」

「い、いいえ」

どうせ同じ屋敷へ帰るのなら、馬車に同乗しても何ら不思議はない。しかも二人は血の繋がりこそないが兄妹だ。

むしろ別れて行動する方が不自然とも言えた。

——だけど……墓地へは別々に来たのに……？

最終確認があるからと、彼はシェリルの身支度を待つことなく屋敷を出発していた。故にこうして至近距離で向かい合って座るのは、本当に何年振りなのか。まして馬車に同乗するなんて。

沈黙の重苦しさと戸惑いで、シェリルは過去の記憶を探った。

——里帰りしたお兄様が寄宿学校へ戻られる際は、いつも途中までお送りしていたから……それ以来？　ああでも、卒業前最後に戻っていらした時は、私がまだ眠っている早朝に発《た》ってしまったのよね。

だとしたら、六年近く前だろうか。

随分昔のことだと、複雑な気持ちになった。

懐かしさと気まずさが去来する中、無言の時が過ぎてゆく。身じろぎする音を立てることすら憚《はばか》られ、指先も動かせないままいったいどれだけ時間が流れたのか。

結局一言も交わさぬうちに、馬車はゴールウェイ伯爵邸に到着した。

その間、ウォルターは一度もシェリルへ視線を送ってこず、もしかしたら自分の姿が見えていないのではないかと訝《いぶか》るくらい無関心を貫かれた。

だが先に馬車を降りた彼がこちらへ手を伸ばしてくれたので、無視していたのではないらしい。

とは言え、鋭い眼差しに射抜かれて、一瞬息が止まったのは秘密だ。睨むのに似た双眸《そうぼう》は、シェリルを大いに戸惑わせ――心を掻《か》き乱した。恐々《おそるおそる》触れた指先から、火傷しかねない熱が伝わる。反射的に手を止めれば、ウォルターに握り込まれたので尚更だった。

どんな顔をすればいいのか見失う。

この日をずっと心待ちにしていたのに。いつか彼がこの屋敷へ戻ってくれることを、祈り続けてきたのに。

いざ二人一緒に玄関扉を通る時には、もはや呼吸の仕方も分からぬほどシェリルは冷静さを欠いていた。

「お帰りなさいませ、ウォルター様、シェリル様」

「ただいま、ヒューバート。しばらく滞在する。部屋を用意してくれ」

「かしこまりました。ウォルター様のお部屋はいつでもお戻りになれるよう、整えております。今すぐでも問題ありません」

恭《うやうや》しく出迎えてくれたのは、この家の家令。長く仕えている彼は僅かに目を赤くしていたが、それ以上の動揺は見せなかった。

優秀な家令は、主が亡くなったばかりでもテキパキと仕事をこなしている。邸内は沈鬱な空気が流れていても、ある意味いつも通りだ。ただ一つ、ウォルターがいること以外は。

――お兄様、屋敷に数日滞在なさるのね。

シェリルの胸に湧いたのは、安堵と驚き。

前者はこれでゆっくり話ができる時間があるかもしれない期待。そして後者は、心のどこかでウォルターが屋敷に留まるとは思っていなかったからだ。

もう四年、兄はゴールウェイ伯爵邸に寄りつこうともしなかった。そんな彼が数日であっても、ここで寝起きするのを意外に感じたのだ。

「では早速休ませてもらう。今日のために手続きや方々への連絡で、何日も眠れていないんだ」

「お休みなる前に軽く何か召し上がられますか？」

「いや、いらない」

手を振ったウォルターは、シェリルへ一瞥《いちべつ》もくれることなく階上の自室へと足を向けた。

彼が去ってしまえば、家令や出迎えた使用人たちもシェリルを気にかけることなくそそくさと散ってゆく。

あからさまに軽んじられることはなくても、これがシェリルの屋敷内での立ち位置だった。

言うなれば、『腫れ物に触るよう』。扱いに困っているのが見て取れる。

表立って嫌がらせを受けたことはないけれど、彼らが極力シェリルと視線を合わせたがらないのは、こちらの勘違いではない。

しかもそれらは最近始まったことではなく――

「お嬢様もお部屋でお休みになられては如何ですか？」

「え、ええ。そうするわ」

唯一親身になってくれるメイドのハンナに促され、重い足を動かした。

彼女はここにシェリルが引き取られてからずっと仕えてくれている『姉』のような存在だ。

年は今年で三十五歳と聞いたが、もっと若く見える。顔立ちの整った美人で、気配りのできる優秀な人材だ。結婚していないのが不思議なほど欠点は見当たらない。

けれどあまり饒舌《じょうぜつ》ではなく、そういう点がシェリルとは合っていた。

――結局お兄様とはろくに喋れなかったわ……お父様はもういないのに、屋敷の中は変わらずに息苦しい……

せっかく待ち望んだウォルターが帰ってきてくれたのに、気持ちは重く沈んでいる。

それは、シェリルを雁字搦《がんじがら》めにする鎖が未だ少しも緩んでいない証拠なのかもしれなかった。

激しい雨の音がする。

夜遅くになって目が覚めたシェリルは、ぼんやりと時計を確かめた。時刻は二十三時を回っている。

どうやら帰ってすぐ部屋着に着替えて横になり、夕食もとらずにこんな時間まで熟睡していたらしい。

――私、思ったより疲れていたのね。それとも呼び出される心配がなくて久し振りに安心できたから……？

皮肉な笑みが口元に浮かび、空腹を覚えた。

さりとて、こんな刻限にハンナを呼びつけるのは忍びない。それにあまり遅い時間帯に食事をするのは、身体に負担もかけるだろう。

しばし悩んだ末、シェリルは軽く摘まめるものを厨房へ探しに行こうと決めた。

ゴールウェイ伯爵令嬢としては褒められた行動ではないが、今夜くらいは許されると勝手に判断する。もし誰かに見つかっても、シェリルを声高に非難する者もいまい。ただ困り顔で目を逸らされるのが精々だと思い、腰を上げ寝室の扉を開いた。

この時間、邸内は既に静まり返っている。使用人たちも仕事を終え、それぞれ自由な時間を過ごすかベッドに入っているはずだ。

ひんやりとした空気の中、足音を立てないよう気を配り、シェリルは階下へ向かうため廊下を進んだ。

片手にはオイルランプ。

ひと気のない闇を、足元に気をつけつつ階段まで辿り着いた時。

「こんな時間に何をしている？」

階下の暗がりから響いた声に、飛び上がるほど驚いた。実際、少しばかり爪先が絨毯《じゅうたん》から浮いたかもしれない。

暴れる心臓を宥《なだ》めすかし目を凝らせば、そこにはウォルターが立っていた。

「お、お兄様こそ……」

「僕は夕飯を抜いたので、何か少し腹に入れようと思った」

そう言った彼の手にはワインボトルとグラス、もう片方の手には軽食が盛られた皿がある。両手が塞がっているせいで、ランプを持てなかったらしい。

真っ暗闇の中ウォルターが佇んでいた理由が判明し、シェリルはホッと息を吐いた。

「そ、そうですか。私も同じです。あの、ですが足元を照らさないと危ないですよ？」

「生まれた時から十年以上暮らした屋敷だ。目を瞑《つむ》っていても歩ける」

平然と述べた彼は、危なげない足取りで階段を上ってきた。そして擦れ違いざま、歩調を緩める。

「……残念だが、今から厨房に行っても、シェリルがすぐに食べられるものは見つからないと思う。僕が持っているものが目に付いた全部だ。生の野菜を齧《かじ》る気はないだろう？」

その通りで返事に詰まった。そもそも野菜や果物の皮を剝くことすらシェリルは慣れていない。湯を沸かすために火を起こせるかも怪しい。

そのまま口にできるパンやチーズなどがあったら……と期待したのだが、淡い期待は否定されてしまった。

「そうですか……では仕方ありませんね。このまま眠ります」

空腹感は先ほどよりも強くなっていたが、諦めるより他にない。シェリルは素直に頷き、自室へ戻ろうとした。だが。

「……半分、分ける。とりあえず僕の部屋までついてきてくれ」

「え」

そんな提案をされるとは思っておらず、驚きの声が出た。その間にウォルターが前を歩いてゆく。

二人の部屋は隣同士。しかも彼の部屋の方が階段に近く、シェリルはその奥だった。どちらにしてもウォルターについてゆく形になるシェリルは、頭が働かないまま彼の背を追う。

いつも以上に足元の絨毯がフワフワして感じられたのは気のせいでしかない。思考が纏まらない中、せめて手にしたランプでウォルターの前を照らそうとした。

「あ、あのお兄様。私は食べなくても平気です」

「空腹で眠れなかったんだろう？　それとも――普段はこの時間、まだ起きているのか？」

「それはどういう……」

含みのある物言いに動揺する。

秘密について、彼は知らないはずだ。だからあくまでも一般論だと、シェリルは無理やり自分を納得させた。別に深い意味はない。夜更かしが癖になっているかどうかを聞かれただけだと、頭の中で何度も呪文のように繰り返した。

「入って」

シェリルの問いに答える気がない様子のウォルターは、皿を持った手で器用に扉を開けた。

その際、彼の横顔が僅かに見える。

夜の闇に大半が塗り潰された顔貌は、ひどく冷淡で陰鬱に感じられた。

「失礼します……」

ウォルターの私室に足を踏み入れるのはいつ以来か。

メイドが掃除を欠かさないので、時折開かれた扉の狭間から覗き見たことはあったが、中へ入るのは本当に久し振りだった。

だからなのか、とても緊張する。

鼻腔を擽る懐かしい香りに気づき、余計シェリルは視線をさまよわせた。

「──ああ、皿がなくては分けられないな。取ってくる」

「い、いいえ。そこまでお兄様にしていただかなくても──でしたら私が厨房へ行ってまいります」

何となく流されてここまでついてきてしまったが、名状できない息苦しさがそろそろ限界に近づいていた。

気まずい。このまま彼と二人きりでいると、余計なことを口走ってしまいそう。話をしたいと望んではいたが、こんな夜更けが相応しくないのは確かだった。

闇と静寂が、秘め事の気配を濃くする。どろりと絡みつく不快感が心も身体も重くした。

──夜は、駄目。冷静さを保てない。

考えなくてもいいことに思いを巡らせてしまう。だいたいよからぬことが起こるのは、暗闇が原因の一つ。

夜は人の理性を狂わせ、欲望を肥大化させる。そのことをシェリルは嫌と言うほど知っていた。

「だったら、ここで一緒に食べればいい」

「……え？」

想定外の申し出に、シェリルは愕然《がくぜん》とした。

昔と違い距離を置かれているのをヒシヒシと感じているので、ウォルターに引き留められるなんて想像もしていなかった。軽食を分けると言われただけで、衝撃だったのだ。それを共に食べようと誘われ、困惑を拭えない。

数年ぶりの再会であっても、まだ一度も同じ食卓についてさえいなかった。仮に今夜シェリルが夕食を食べに食堂へ行ったとしても、彼は『夕食を抜いた』と言っていたので同席しなかったに決まっている。

つまり一緒に食事をとるのを、ウォルターが避けていたのではないか。

そんな考えが浮かび、シェリルは一層落ち着かない心地がした。

「――あの、ご迷惑では」

「迷惑なら誘わない。座りなさい」

ぶっきらぼうに言われ、反射的に近くのソファーへ腰かけた。

よく考えてみれば、ここへ至る過程で断る機会は何度もあった。けれどシェリルの身体は上手く動いてくれない。言われるがまま彼に従ってしまう自分に呆れ、遅ればせながら自室へ戻るべきかと思案していると。

「いくら何でも、空腹の妹を尻目に僕が腹を満たす真似はできない」

眼前にワインが注がれたグラスを置かれた。

確かウォルターが手にしていたグラスは一つだったはずだ。シェリルに差し出してしまったら、彼はどうやって飲むつもりなのか。

釈然とせずシェリルが顔を上げると、何とウォルターは瓶に口をつけ直接ワインを呷《あお》っていた。

「お兄様っ？」

彼のこんな粗暴な行為は目にしたことがない。いつだって紳士的で、理想の貴族令息だった。

そんな人が、あろうことかラッパ飲み。

子どもの頃から上品な、美しい所作が身についていた人の暴挙に、シェリルはとても己の目撃したものが信じられなかった。

「——寮では基本的に何でも自分でやらなくてはならない。自分のためにいちいちグラスを用意するのは面倒だから、よくこうして飲んでいた」

事も無げに言ったウォルターが唇を拭う。

赤い液体が僅かにこぼれ、どうしてか艶めかしくシェリルの胸をざわつかせた。

——何年もお会いしていない間に、随分逞《たくま》しくなられたのね……

今更、彼がシャツとズボンだけの簡素な格好をしていることに思い至る。しかも袖が肘辺りまで捲《まく》り上げられており、両腕が露わになっていた。

どちらかと言えば兄は華奢な体型だと思っていたが、がっしりとした腕には血管と筋が浮かび、非常に男性的だ。ほどよく日にも焼けている。

女の自分とはまるで違う太さとごつごつとした造形に目を奪われ、シェリルは視線を引き剝がすのに苦労した。

常日頃、きちんとした格好のウォルターしか知らなかったので、そのことにも衝撃を覚える。

粗野な仕草すら魅力的に感じている自分に——驚きと疎《うと》ましさを抱いた。

「食べなさい」

ずいっと皿をこちらへ寄せられ、断れる雰囲気ではない。シェリルは未だ迷いつつ、サラミを口に運んだ。

正直に言えば、気もそぞろで味が分からない。

彼はボトルに視線を落としているが、こちらへ意識を払っているのが伝わってくる。沈黙は降り積もり、重さを感じるほど。

雨の音が静寂を埋めてくれるのを、こんなにもありがたいと思えたことはなかった。

——空気が重い。適当なところで失礼しよう。

そして改めて明日、昼間に時間をもらえるよう話してみよう。頭が回らない中で、シェリルはどうにかそんなことを考える。

気になることは今聞いてしまえばいいのかもしれないが、こうも思考が纏まらなくては難しかった。

どうにか食材を口に入れて、嚙み、呑み込む。合間にグラスを空けるため、機械的にワインを喉へ流し込んだ。

もう空腹感も満腹感も感じていない。作業同然に食べ物を片付けることに集中する。

皿の四分の一くらいを腹に入れたところで、シェリルはこれなら席を立っても不自然ではないと思い、腰を上げた。

「お兄様、お邪魔して申し訳ありませんでした。私は部屋に戻ります。あの、ありがとうございました」

シェリルが食べている間、ウォルターはワイン以外何も口にしていない。もしかしたら、こちらが満足するまで待つつもりだったのかもしれないと気づき、更に居た堪れなくなる。

一刻も早くこの部屋から立ち去ろうと、シェリルは深く頭を下げランプを手にした。

「では、これで――」

その瞬間、轟音《ごうおん》と共に稲妻が走った。

雨脚が強くなっているのは分かっていたものの、思いの外近くまで雷雲が接近していたらしい。

空が不満を訴えるように、ゴロゴロと鳴り響く。しかも雷光により、室内が瞬間的に照らし出された。

「きゃ……っ」

シェリルは雷が苦手だ。

養護施設は壁も天井も薄っぺらくて、ところどころ隙間もあった。そのせいで、雨風を完全に防ぐことはできず、天候が荒れる夜は特にあまり眠れなかったのだ。

寝具は雨で湿り、轟音で幼子たちが泣き叫ぶ。振動で窓が揺れると、心細さが倍増した。自分よりも年下の子らを励ましつつ、シェリルも『雷が落ちたらどうしよう』と夜が明けるまで不安で堪らなかった。

そんな気持ちを思い出し、つい立ち竦《すく》む。

近い場所に落雷したのか、再び険しい音が空気を震わせた。

「……っ」

反射的にしゃがみ込みかけ、テーブルに脛《すね》を打ち付けた。痛みと混乱で、慌てふためく。このところずっと緊張を強いられていたのも原因なのか、シェリルはすっかり冷静さをなくし、よろめいた。

「あ……っ」

咄嗟《とっさ》に、持っていたランプを放り出すわけにはいかないと判断する。そのため、自分の身体を守るのを後回しにし、痛みを覚悟した。

けれど倒れて打ち付けるものと思った腰も肩も、どこにも痛みは走らない。代わりに、温かいもので包まれている。

ランプはシェリルの手を離れ、テーブルへ置き直された。

「――気をつけて。まだ雷が怖いのか？」

耳に注がれる低音が、シェリルの全身へゾクゾクとした愉悦《ゆえつ》を駆け巡らせた。吐息が耳朶《みみたぶ》を舐《な》め、生温い風が肌を粟立たせる。

ウォルターに抱き留められ倒れ込まず済んだのだと理解するには、しばらく時間が必要だった。

状況を理解してからも、心が追い付いてこない。心音ばかりが大きくなり、思考が空回りした。

「あ、の」

懐かしい『兄』の香りと温もり。そこに混ざる、覚えのない『男』の気配。

昔と同じものと変わったものを同時に味わって、シェリルの動揺は頂点に達した。

「す、すみませんっ、私――」

恥ずかしいところを見せてしまった。粗忽者《そこつもの》だと思われたかもしれない。それとも淑女らしい落ち着きに欠けると呆れられたか。

どちらにしても彼にみっともない姿を目撃され、泣きたいくらい辛くなった。

たとえ子どもの頃より疎遠になったとしても、絶対に失望されたくなかったのだ。他の

誰でもなく、ウォルターにだけは。

シェリルの背中に回された彼の手が、不意に圧を増す。離そうとしていた身体はむしろ密着する状態になった。

「……っ」

心臓が痛いくらいに激しく脈打っている。眩暈《めまい》がし、息も上手くできない。のぼせる感覚で、シェリルの指先が戦慄《わなな》いた時。

「――父上にもこんな風に迫ったのか？」

氷水を浴びせられたのかと思った。

温度の通わない台詞に冷ややかな声。それが上から注がれる。怒声ではない。それなのに、シェリルの全身を強張《こわば》らせるには充分な破壊力だった。

「な、何を……」

「父上を誘惑したのかと聞いている」

シェリルが顔を上げると、ウォルターの視線は虚空へ向けられていた。

何もない空間に、焦点は合っていない。茫洋《ぼうよう》とした眼差しは、現実ではなく別の何かに据えられているようにも見えた。

「何のお話か、分かりません」

「ごまかさなくていい。全て知っている。父上自身から聞いたのだから」

懸命に絞り出したシェリルの言葉は、いとも簡単に否定された。どんなに違うとシェリルが主張したところで、彼が聞き入れてくれる気はないのだと、嫌でも伝わってくる。

それほど明瞭な壁が、二人の間にはあった。

けれど裏腹に、ウォルターの腕は緩まない。シェリルを抱きしめる腕の檻《おり》は、次第に狭くなっている感覚もあった。

「な、何をお父様から聞いたのかは知りませんが、私には何のことだか……！」

あの件で、証拠は一つもない。シェリルは誰にも明かさなかったし、まして養父が人に喋るなんてあり得なかった。

知られれば身の破滅。シェリルは勿論、養父にとっても。むしろ生まれながらの貴族である男の方が、失うものは大きいに決まっていた。

用心深かった養父が、物証を残すはずもない。ならば、過去の全ては養父の死で清算された——そうシェリルは信じたかったし、信じなくてはならなかった。

秘密は永久に闇の中。自分が事実を明かさなければ、二度と封印は解かれない。そうでなくてはならなかった。

「お兄様、酔っておられるのですね。お父様が亡くなられたばかりで、心痛が大きいのでしょう——」

「シェリルはいつから……父上の愛人だったんだ？」

世界が壊れる音が聞こえた。

どんな罪に塗《まみ》れ、重荷を背負ってでも守りたかった、平和な世界が。

身寄りのない娘が、人々の尊敬を集める慈善活動に熱心な紳士に引き取られ、麗しく賢い兄ができ、幸せな貴族令嬢に成長したという夢。

幻に等しい世界は、外から眺める分には完璧だったと思う。非の打ち所がない素晴らしい美談だ。

ウォルターもそんな物語を心から信じていたはず。この先もその幻想を決して壊すまいとシェリルは心に誓っていたのに。

——本当のことを……知られていた……？

今更どんなに嘘で塗り固め、美辞麗句で飾っても、彼を騙《だま》しきることはできやしない。

既に確認ではなく、ウォルターは確信している。シェリルに問うているのは父の愛人であった『事実かどうか』ではなく、『いつから』なのだから。

「ち、違う……っ」

けれど認めるわけにはいかない。それはできない。

濁った双眸がこちらに向けられても、シェリルは必死に首を横に振った。

実際、彼の言葉が全て正しいのでもない。少なくとも正確に言えば、自分は養父の愛人ではなかった。だが『愛人』の定義を拡大解釈すればどうなのか。人によって結論は変わるだろう。

ウォルターに汚らわしいと思われることが恐怖で、シェリルの膝が震えた。

「──見え透いた言い訳はやめてくれ。僕は四年前に帰省した晩、この眼で見たんだよ」

頭を殴られたのに似た衝撃で、シェリルの眼前は真っ暗になった。

忘れたかった記憶。

何重にも封印し、のたうち回る苦痛を押し殺してでも、『なかったこと』にすると決めた過去。

自分さえ口を噤めば、消し去れると思っていたのに──神様が残酷なことを、シェリルは思い出さずにはいられなかった。

──どうして他でもない貴方が、掘り起こすの……

外見はさほど似ていない父と息子の顔が重なる。瞳の色だけが同じなのは皮肉だ。けれど以前はちっとも『似ている』とは感じなかった。

それは色味が同じでも、そこに宿る光が違ったから。

養父の色は、どこか濁り倦《う》んでいた。対してウォルターの双眸には眩しいくらいの輝きがあったのだ。しかし今は記憶が揺り起こされるほど、酷似《こくじ》していた。

「何を、ご覧になったと……」

「まだはぐらかすつもりなのか？　言わずに済むならそうするつもりだったが──シェリ

ルにその気がないなら、しょうがない」

笑みとは呼べない形に唇を歪めた彼が喉奥で嗤《わら》った。

朗らかでシェリルの気持ちをいつも解してくれたウォルターの笑い方とは明らかに違う。嘲笑《ちょうしょう》の滲む嫌なもの。聞いていると心が軋む、慟哭《どうこく》のよう。

何か言わなくてはと焦るのに、声が出ない。彼の醸し出す鬱々とした空気に呑まれ、シェリルは完全に言葉をなくした。

頭が痛い。この先を聞いてはいけない。二度と戻れなくなる。

過去と現在の境目が曖昧《あいまい》になり、シェリルの脳裏にはとある光景がよみがえった。

確かあの晩も雨。暗く湿気っていて、空気が重く濁っていた。

「――あの夜、眠れなくて外の空気を吸うつもりで部屋を出たら、父上の寝室から話し声が聞こえた。何かあったのかと心配になり声をかけたのに返事はなくて――それで様子を窺うため扉を少し開いたら、まさかあんな光景を目撃することになるとはね。……ここまで言ってもまだ言い逃れるつもりか？　――深夜父上の部屋で半裸の君は何をしていた？」

始まりは十一年前。

ゴールウェイ伯爵家へ引き取られたシェリルは、間違いなく幸運の絶頂だった。

もう、食べるものや着るものに困ることはない。

ベッドはふかふかでお日様の匂いがし、部屋は清潔感に溢れている。

水仕事で荒れ放題だった手には毎日メイドが薬を塗ってくれ、丁寧に髪を結ってくれた。

キラキラしたものに囲まれた生活は、何不自由ない。しかも自分がお利口にしていれば、養護施設に多額の寄付を続けてくれると養父は約束してくれた。

まさに夢の世界だ。

恐れ多くて初めは委縮したほど。貴族令嬢としての振る舞いが身についていないシェリルは、当初随分臆病で引っ込み思案だったと思う。

そんな自分を優しく受け止め手を引いてくれたのは、新たに兄になったウォルターだった。

彼がいなければ、シェリルはあんなにも早く新生活に馴染《なじ》めなかったかもしれない。よそよそしい使用人たちの態度に心が折れ、情緒不安定になってもおかしくなかった。

いくら養父が可愛がってくれても――そう簡単に心を開けなかったのだ。

年齢がさほど離れていない子ども同士、気安かったのもある。何より、ウォルターの醸し出す柔らかな空気に、最初からシェリルは魅了されていた。

騒がしく粗暴な男子ばかり見てきたせいで、初めのうちは同じ人間だと思えなかったくらいだ。

第一印象から最高だったウォルターは、兄としても欠点が一つもなかった。

シェリルを遊びに誘い、勝負事では適度に花を持たせてくれ、時に叱り、色々なことを教えてくれ、とても大事にしてくれた。

彼と同じ屋敷で過ごした一年弱、シェリルは自分ほど幸福な子どもは他にいないと本気で信じていたし、事実そうだったと断言できる。

ウォルターが寄宿学校へ入学し、遠くへ行ってしまうまでは。

変わったのは、彼が旅立ってしまった日の夜。

寂しさで啜《すす》り泣くシェリルの部屋に、養父が深夜訪れた瞬間からだった。

『泣いては駄目だよ、シェリル。人形に感情なんてないだろう？』

今も耳に残る男の言葉は、何年経っても意味不明だ。

それまでは養女として『娘』と呼んでくれていた養父が、突然自分を『人形』と呼び出した。

そしてさも当然のように、『ようやく人形遊びができる』とほくそ笑んだのだ。感慨深げに。この日を心待ちにしていたと言わんばかりに。

当時シェリルはまだ九歳。

何を言われているのか、理解できるはずもない。したくもない。呆然としている隙に寝間着を脱がされ、下着も剝ぎ取られた。

その日ベッドに入る前までは、ぎこちないながらも『父』と呼び敬愛していた人。

そんな相手に何をされているのか完全には理解できなくても、『いけないこと』をされているのは薄々分かった。

ゴールウェイ伯爵家に引き取られ、様々な教育を施され、以前よりも常識や倫理観は身につけている。貴族令嬢なら尚更、市井の民よりも貞節には厳しい。

素肌を晒《さら》していい異性は、結婚相手だけだとシェリルは既に学んでいた。

泣きながら『やめて』と抵抗した記憶がある。足をばたつかせ、大声で叫んだことも。

しかし助けを求める声に応えてくれる人は、いなかった。

使用人たちはとっくに眠りについている時間。自分では大きな悲鳴を上げたつもりでも、か細い声にしかならない。

子どもが成人男性に抗って、勝てるわけもなかった。

混乱。恐怖。嫌悪。それらの嵐の中で、災禍《さいか》が通り過ぎるのをひたすら待つのがシェリルにできた全てだ。

悍《おぞ》ましいという言葉も知らないまま、不快感で総毛だった。

唯一救いと言えるのは、純潔を奪われなかったこと。

見られ、触れられ、嚙まれても、体内までは暴かれず地獄の戯れはやがて終わった。

養父は本当に『人形遊び』が目的だったらしい。シェリルの身体を好き勝手に動かし、着せ替え、全身を弄《いじ》ると満足してその夜は去っていった。

空が白むまで、一睡もできなかったシェリルを置き去りにして。

いっそ全部が夢ならよかった。

祈った回数は数えきれない。

朝になり、シェリルを起こしにやってきたハンナは、呆然とベッドに横たわるシェリルを見ても何があったか気づいた様子は微塵もない。

養父は一切証拠を残さなかった。その後も、ずっと。

しかも夜が明ければこれまで通り、慈善活動に熱心で高潔な紳士に戻っている。養女に惜しみない愛情を注ぐ、立派な父親に。

世間も、使用人も、ウォルターもそう信じているのに、シェリルにあげられる声はもうなかった。

どうせ誰にも届かない。

届いたところで、得られるのは破滅だけ。『人に話したら、お前のいた施設への支援はやめる。そうしたらあそこにいた皆は、浮浪者か売春婦、もしくは奴隷や犯罪者になるしか道はないな』と養父に言われれば、シェリルは口を閉ざす以外なかった。

家族同然だった仲間たちを思えば、とても被害を訴えられない。

まして相手は高位貴族。

ついこの前まで平民の孤児でしかなかった女児が、何を言っても無駄なのは目に見えている。

それだけでなく、シェリルが最初に思い浮かべたのは、ウォルターのことだ。

父親を尊敬し、沢山学んで一日でも早く父を安心させたいと言っていた人。

万が一その敬愛する父親が幼子に卑猥《ひわい》な真似をしていたと知ったら、彼はどう思うのか。

確実に傷つく。もしくはシェリルを汚らわしく感じるかもしれない。

想像しただけで脚が竦み、泣きたくなって、シェリルは完全に世界から孤立したのだ。

屋敷の使用人たちの中には、主と養女の関係が奇妙なことに薄々勘づいている者もいるかもしれない。しかしそれとて、『一般的な父娘ではない』程度のことで、よもや不道徳な遊戯に耽《ふけ》っているとは想定外に決まっていた。

外面がよかった養父を慕う者ならば尚更。

なかなか懐かないシェリルを疎ましく感じ、養父の高い志を理解できない愚か者に見えたに違いない。

結果、表向き養女に愛情を注ぐゴールウェイ伯爵はより称賛を集め、反対にシェリルは扱い難い令嬢として印象が定着した。

この屋敷内で、シェリルに対する使用人らの目がよそよそしいのは、そのせいだ。約十年間、味方がいない中生き抜かねばならなかったシェリルが心を閉ざし感情を殺すようになったのは自然な流れだった。

泣いても喚《わめ》いても誰にも届かないなら、意味はない。それなら心を殺して何もしない方がいい。

抵抗をやめた成果が、養父に『無表情なところが本物の人形みたいで素晴らしい』と欲しくもない褒め言葉を貰ったことなのが皮肉だ。

心の拠《よ》り所はただ一つ。

数年に一度帰省するウォルターを待ち、手紙のやり取りでシェリルは己の正気を保った。

いつか、彼がこの苦境から自分を助けてくれる。

どんな形であっても、いずれ地獄は終わると信じていたのに――

「――やっと言い訳を諦めたのか？」

追憶に漂っていたシェリルの意識を引き戻したのは、冷淡なウォルターの声だった。

未だ身体は密着したまま。氷じみた瞳に見下ろされている。

ビクッと肩を揺らせば、二人の間の空間は広がるどころか余計に狭くなった。

「自分の目が信じられなくて、僕はあの夜声を出せなかった。今でも、思わず後退《あとずさ》った自分を許せない。本当ならいくら血の繋がりがなくても、父と娘が愛人関係だなんて諫《いさ》めるべきだったのに」

「あ……」

混乱した頭でも、彼がシェリルと養父の関係を誤解しているのは理解できた。

おそらく、心底愛人だと思い込んでいる。普通に考えれば当然だ。地位も名誉もあるゴールウェイ伯爵が、『人形遊び』を趣味にしていたとは通常思いつかない。息子なら尚更父親の隠された性癖を認められるはずがなかった。

明滅するのは遠い記憶。養父が望むまま着せ替えられて、動くことも喋ることも禁じられ、好き勝手弄られたシェリルの身体。心を麻痺させていないと壊れてしまいそうで、思い出せるのはどれも断片だった。

だから記憶は曖昧。何を、どこまで知られているのか。全部をなかったことにできないなら――

――一番隠したかったことは知られていない……？　それならせめてお兄様の苦痛を和らげるには、どうすればいいの？

真実を丸ごと伝えても、彼の心は救われない。逆に新たな傷を負う。

考えれば考えるほど袋小路に迷い込み、シェリルは無為に首を左右に振ることしかできなかった。

「まだ否定するのか？　なら仕方ない。全部ぶちまけるしかないな。……あの夜、父上はその場に立ち竦む僕に気づいていた。しばらくしてから、君に目隠しをしたのを覚えているか？」

目隠しは、養父お気に入りの道具だった。

シェリルの自由を奪うのが何よりも好きな人だったので、視覚を遮断されるのもよくあること。

そのまま数時間放置されることは、珍しくなかったのだ。

「シェリルを淫らな姿で転がして、父上は僕の元へやってきた。そして『あの子が誘ってきたんだ。願いを聞き入れないと、お前に代わりをしてもらうと泣きつかれた。ウォルターを守るためなら、私はどんな重荷も背負う』とおっしゃったんだ」

「……っ？」

勿論そんなことは言っていない。考えたこともなかった。全て養父の口から出まかせだ。しかしそれを立証する術を、シェリルは持っていなかった。

冷静に考えれば、色々おかしい。それでもこの場で冷静さを保てるはずがなかった。もっと言えば、かつてのウォルターも同じに決まっている。

人は想定外の事態に直面すると、思考力や判断力が鈍り、普段ならあり得ない過ちを犯す。

たとえばあの時点で彼が養父の矛盾を指摘できていたなら。

いくら発端がシェリルからの誘惑であったとしても、大人として親として諌めるのが当たり前だ。ましてふしだらな関係がいつから始まったのか確かめるだけでも、ウォルターは父の身勝手な自己弁護を見抜けたかもしれない。

とは言え、全ては過去のこと。何もかも過ぎ去り、やり直しはきかない。

もはや取り返しのつかないものだった。

「僕は『父上は拒むべきだった』と言い返したよ。それが世間の常識だ。……だが父上は『一度結んだ養子縁組を破棄すれば、今後の活動にも水を差す。お前にも悪影響があるかもしれない。大事な息子を好奇の目に晒せない』と涙ぐまれた」

「そんなこと……」

養父はとても頭のいい人だった。良くも悪くも口が上手く他者を魅了する。そんな才能を、息子に対してもいかんなく発揮したらしい。

「シェリルを『愛情に飢えた可哀相な子』だと憐れんでいらした。父上は自分が与えられるものなら、何でもすると――引き取った以上、罪を犯してでも君を幸せにするとおっしゃった」

ウォルターの口から語られる内容は、随分養父に都合がよかった。

息子に対しては『自分が犠牲になってでも我が子を守る父親の顔』を見せ、慈悲深くすらある。

シェリルに対しても『歪んではいるが、愛に飢えた娘の心を慰めようとする父親の顔』の体裁を辛うじて保っていた。

世間体やこの先の慈善活動の件まで持ち出され、当時十八歳だったウォルターが動揺したのは、当然かもしれない。

未だ社会経験の乏しい青年と、百戦錬磨で歴史ある家の当主。最初から勝てる相手ではない。それどころか、信頼し目指してきた父親が保身の嘘を吐いているなんて見破れる子どもがどこにいるのか。

たぶん、この瞬間ウォルターは壊されたのだ。常識や正義と呼ばれるものを。

翌朝、彼が夜も明けきらぬうちに屋敷を後にし、以降全く帰らなくなったのをいったい誰が責められよう。

ウォルターは現実を受け止めきれず、距離を置くことでどうにか心の平穏を保とうとした。敬愛する父を軽蔑しないために。妹を罵ってしまわぬように。

できることは、家族から逃げることしかなかったのだ。

――だから手紙も書いてくださらなくなったのね……

絶望感でシェリルの目の前が暗くなる。離れていても、彼はずっと心の拠り所だった。地獄の毎日を生きるには、微かな光でも縋っていたかったから。以前よりウォルターの態度が冷たくなったのを察していても――彼を思うだけで、シェリルは辛うじて『生きよう』と前を向けた。

しかし全ては『ウォルターがシェリルと養父の忌まわしい関係を知らなければ』という前提だ。

シェリルにとって自分が最も幸福で輝いていた時――ウォルターと兄妹になり暮らした一年未満が、人生の最高峰。彼の中では、あの頃の清らかな自分だけを覚えていてほしかった。

だが実際には既に何年も前から、ウォルターは『秘密』を知っていたのだ。

その上で、シェリルを避けていた。理由は一つ。父親を誑《たぶら》かした奔放《ほんぽう》で汚らわしい女だと、蔑《さげす》んでいたからに決まっていた。

もう、立っている気力もない。それなのに倒れ込めないのは、逞しい腕に強く抱きしめられているため。

ウォルターの言動の端々にはシェリルに対する『拒絶』がありありと滲んでいるのに、相反して腕の力は緩まなかった。

上手く息ができず、呼気がか細い悲鳴になる。震えが指先まで広がり、シェリルは全身を戦慄かせた。

口にすべき言葉が見つからない。何を言っても嘘臭く、彼の心には響かないことが窺えた。おそらくウォルターの中では結論が出ているのだ。シェリルに問いかけても、返事を本気で待ってはいない。

彼はとっくにシェリルを『家族』と見做《みな》しておらず、ウォルターの中でシェリルは『父を誘惑し堕落させた女』だった。

「——近日中に我が家の籍から君を抜く。出て行ってくれ」

「え……っ」

「この家と無関係になってもらう」

だがだとしても、放逐《ほうちく》されるとは考えていなかった。厄介払いをされるにしても、貴族令嬢の義務として、政略結婚させられるものだと思っていたのだ。

誰にとってもそれが一番穏便かつ利益がある。

これまでシェリルにかけた金を、婚姻で回収しようとするのは不思議でも何でもない。むしろ当然の考え方だ。

醜聞を免れて、全方位丸く収まる。シェリルがゴールウェイ伯爵の実子ではなくても、若い女を妻に迎えたい男はいくらだっている。それなのに。

——私はこの家を追い出されるの……？

最悪の場合、着の身着のままで。シェリル自身の資産と呼べるものは、一つもないのだ。宝石やドレスは数えきれないほど与えられたが、あれらも所詮はゴールウェイ伯爵家のもの。シェリルが所有しているとは言えない。勿論、土地や権利なども皆無。

養父は常々『人形が財産を持つと、不要な欲を出しかねない』と言っていた。あれはきっとシェリルが逃げ出す資金を得るのを恐れていたのだろう。

それでいて労働からは遠ざけられた生活の中、以前の厳しい生き方に戻れる自信はない。

今更ながら、自分が養父に枷《かせ》を嵌《は》められていたのを自覚する。シェリルは空に飛び立つ羽根を、完全に折られていた。

──いいえ。私の今後よりも、私が伯爵家から追い出されてしまえば、養護施設への援助はどうなってしまうの？

支援はあくまでもゴールウェイ伯爵家がしてくれていた。

シェリルがいなくなれば、ウォルターは引き継いでくれるだろうか。父親を誑かした毒婦が、かつて暮らしていた場所などに。

──私なら、即打ち切るわ……

絶望的な未来を想像し、シェリルの身体からますます力が抜けた。膝は震えて頽《くずお》れそう。耳鳴りと眩暈がし、吐き気が込み上げた。

「……っぅ」

「座りなさい。顔色が悪い」

平板な声が、さながら断罪を告げるようだ。

答えたくても頭を振ることが難しく、シェリルは慌てて自らの口を手で押さえた。涙が滲み、呻《うめ》きも漏らせない。すると彼が突然シェリルを横抱きにした。

「……っ？」

「横になって、休めばいい」

運ばれた先はウォルターのベッド。

長年使われていなかったからか、残り香はない。それでもそっと下ろされた際、密着したせいで、濃厚に彼の香りが鼻腔を満たした。

「……っ」

胸が大きく脈打つ。冷えていた末端に熱が巡る。気分の悪さを押し退けて、説明できないざわめきがシェリルの中で渦巻いた。

横たわらせてくれた手つきは優しい。突き飛ばされても不思議はないのに、労わりと気遣いが垣間見える気がするのは、シェリルの願望に過ぎないに決まっている。

それでも宝物の如く大事にされている夢を見てしまうほど、こちらに触れる手つきは慎重だった。

「——僕は父上の愛人でありながら平然と妹の顔ができる人間と、今後も家族ごっこをする気はない。慎ましく生活すれば生きられる程度のものは用意する。だから——早急に出て行ってくれ」

どうやら身一つで放り出すつもりはないらしい。

そのことにホッとしつつも、シェリルはこちらを見る彼の眼の冷たさに、泣きたくなった。

軽蔑されている。憎まれていると言っても過言ではない。

忌々《いまいま》しいものに向けられる視線は、真正面から受け止めると身も心も凍ってしまいかねなかった。

かつて柔らかに細められていたウォルターの双眸は、剣呑《けんのん》な半眼になっている。

茶色の瞳の奥には、淀《よど》んだ闇が堆積していた。

「待って……待ってください、お兄様」

離れてゆく彼の服を摑《つか》み、シェリルは上体を起こした。

シェリルを途轍《とてつ》もなく厭《いと》い憎んでいても、最低限生活の心配をしてくれる彼は心底優しい。それこそがウォルターの本質。昔から少しも変わっていない清廉《せいれん》でまっすぐな気質だった。

そんな善良な人を、シェリルと父親の関係が歪ませてしまったのだ。

――せめて誤解を解きたい。でもそれには真実を明かす必要がある。お兄様の愛するお父様が本当は何をしたのかを――

全て打ち明ければ、彼はシェリルへの見方を変え、許してくれるかもしれない。だがそうなると嫌悪の矛先は父親に向かうのだ。

己の欲望のために子どもを利用し、口止めをして保身の嘘を吐き、欠片《かけら》も己の所業を省みることなく永遠の眠りについた――という微塵も救いがない真実に、ウォルターは耐えられるのか。

考えるまでもなく、答えは否。

誠実で正直な彼が背負える秘密とは思えなかった。

しかも万が一真相が公になれば、ゴールウェイ伯爵家は醜聞の渦中に投げ込まれる。これから二十二歳の若さで家督《かとく》を継ぎ、面倒な親類たちからも家門を守らねばならないウォルターの負担を、これ以上増やしたくなかった。

——言えない。言えるわけがない。

彼がボロボロに傷つく姿を見るくらいなら、自分が蔑まれた方がよほどいい。シェリルが憎まれることで仮初《かりそめ》の安寧《あんねい》を維持できるとしたら、何を選択するか考えるまでもなかった。

——だけど養護施設のことだけは……何としてもお願いしなくては。

「お、お兄様……私をゴールウェイ伯爵家の籍から抜くのは構いません。ですが、その、どうか……今少し慈悲を垂れてくださいませんか。もしくはどんな形でも私をここに置いてください」

自身の生活を維持するのがギリギリでは、寄付金を捻出できない。恥を忍んでシェリルは金の無心をした。

使用人として扱うと言われても、従うつもりだ。なりふり構ってはいられない。

どうにかして支援を確保する方法がないか、必死に頭を巡らせた。

しかしシェリルの思惑をどう解釈したのか、ウォルターの眼差しが一層鋭さを増す。今や苛烈な焔《ほのお》が瞳の中で燃え滾《たぎ》っていた。

「……は……っ、なるほど。そうやって父上も惑わせたのか」

「……え？」

蔑みも露わな視線に見下ろされ、シェリルは全身を強張らせた。

おそらく、何か誤解がある。それはぼんやりと分かった。けれど具体的な齟齬《そご》については、まるで理解できなかった。

――お兄様が怒っている？　どうして？

浅ましく金が欲しいと願ったからなのか。だがこちらとしても引けないことがある。

自分の処遇だけでなく、シェリルの肩には施設の子どもたちの命運もかかっていた。

あそこはゴールウェイ伯爵家が多額の寄付をしているからこそ、どうにか運営を続けていられるのだ。それが途切れれば、皆路頭《ろとう》に迷う。

かつて養父が言ったように、悲惨な人生を強いられるのが目に見えていた。

――私と同じ辛い思いを、他の子たちにはさせたくない。あんな……好きでもない人に身を任せなくちゃならないなんて……

純潔は奪われていなくても、今のシェリルは養父専用の娼婦と変わりない。望まぬ相手に身体を好き勝手される恥辱と悍ましさを、まだ幼い子らに味わわせたくなかった。犯罪で身を持ち崩させるのも嫌だ。

何年も地獄の生活に耐えたのは、同じ境遇の子どもに幸せになってほしかったから。

全てが水泡に帰すのが怖くて、シェリルは唇を引き攣《つ》らせた。

「もし私の願いを叶えてくださるなら、何でもします。ですからどうか援助してください……！」

強張った指に力が籠り、摑んだウォルターの服が皺《しわ》になっている。けれどそれを気にかける余裕はない。

シェリルは縋りつくように彼へ身を寄せ、懸命にウォルターを上目遣いで見つめた。

「……はっ、何でも……？」

「はい、働けとおっしゃるなら、喜んで――」

吐き捨てる彼の口調は嘲《あざけ》りを隠すつもりもない。ただ、暗い陰りが濃くなった気がした。

沈黙は数秒。

けれど永遠にも感じられる重苦しい静寂が流れた。

呼吸は忘れていたかもしれない。瞬きもできず、シェリルがウォルターの返事を待っていると、彼は笑みとは呼べない形に唇を歪めた。

――施設の子どもたちのためなら、何でもできる。これまでよりも辛いことなんて、そうそうないはずよ。

あるとすれば、どんな形であってもウォルターとの縁が切れてしまうことくらいだ。心の奥底にある『お兄様との繋がりを失いたくない』という気持ちからはひとまず目を逸らし、シェリルは己の守るべきものを胸に描いた。

――屋敷に残れれば、生活費の心配はない。働いてその分を寄付金に回すこともできる。それに、交渉する猶予があれば、優しいお兄様を説得して慈善活動を続けてもらうのも不可能ではないわ。

か細い希望の糸を摑むつもりで、彼に懇願する。

シェリルの真摯な思いが伝わったのか、不意にウォルターが睫毛《まつげ》を震わせた。

「――……そこまで――はは……これほど計算高いとは思わなかった」

侮蔑の言葉が胸に痛い。されど自分が受けるべき罰だと覚悟を固め、シェリルは一切反論しなかった。

実際、己でも呆れるくらい打算的だ。金が欲しくてみっともなく足掻《あが》いている。どう好意的に解釈しても、最悪な女だろう。

全部分かっている。屈辱感に苛《さいな》まれ、居た堪れない。だとしても、心は決まっていた。揺らがないシェリルの態度を、彼が改めて見返してくる。こちらからも視線は逸らさなかった。瞬きもせず、数秒。ひょっとしたら数十秒が過ぎた頃、ウォルターの纏う空気が変わった。

「――いいだろう。だったら選ばせてやる。籍を抜く決定は覆さない。ただし最低限のものを持って速やかに屋敷を出ていくか、それとも今日から僕の愛人になるか。自分で決めろ」

人は驚き過ぎると声も出なくなるらしい。

耳にした言葉が何度もシェリルの頭の中を駆け巡る。意味は、理解できている。だが心が呑み込むことを拒否していた。

「返事は？　僕の気が変わらないうちに決めるといい」

促されても、声が出ない。混乱の極致で、全てが役立たずに成り果てた。

愛人という言葉には、シェリルが知る以外の意味があっただろうか。それとも。

――幻聴？　そうに決まっている。お兄様がこんな馬鹿げたことをおっしゃるはずがないもの。

もしくは夢だ。質の悪い夢。

悪夢か、シェリルの願望が見せる白昼夢かは判然としなかった。

「……この家を出ていきたくないんだろう？　父上との思い出が残っているからか？」

思い出について言うなら、大事なものは全部ウォルターに関わるものだった。養父に関するものは、忘れたいと願うことしかない。

それでも『この家を出ていきたくない』という台詞にだけ反応し、シェリルは僅かに顎《あご》を引いた。

あまりにも頭がいっぱいになって、半ば思考停止していたのだと思う。考えようにも、完全に空回りしていた。

「だったら、決定だ」

一際表情を歪めた彼がシェリルの肩を摑む。

あ、と声を出す間もなく仰向けに押し倒されていた。

視界には昔からよく知るはずなのに、見知らぬ男になった兄。血の繋がりはないが、誰より大事な家族だと信じていた人が浮かべる表情に困惑させられた。

獰猛《どうもう》な雄の気配。欲望を孕《はら》んだ眼差し。滴《したた》る色香に、酩酊《めいてい》する。

呆然としている間にウォルターが覆い被さってきて、唇を塞がれた。怖気が先立っていた養父とのキスとは全く違う。

触れた瞬間、痺れと悦楽が駆け抜けた。心臓が壊れそうなくらい暴れている。じりじりと体温が上昇し、感じたことのない高揚に包まれた。

甘くて、騒めく。それでいて一切不快感はない。離れてゆく熱が寂しいと思ったほど。

「契約成立だ」

口づけで知らしめられたのは、新たな罪の始まり。

シェリルは身動きを忘れ、愕然と彼を見上げた。

2 愛人

手際よく服を脱がされ、シェリルはベッドの上で身悶《みもだ》えた。

少し前までウォルターと軽食をとり、今後のことを話していたはず。それなのに今は永遠に隠しておきたかった秘密を暴かれ、あまつさえ不埒《ふらち》な関係を求められた。

未だに何故こんな状況になっているのか、完全に理解しているとは言えない。

だが現実は彼の部屋のベッドで半裸になり、淫らな手つきで身体を弄られていた。

「お、兄様……っ」

抵抗と呼ぶにはあまりにも弱々しく、控えめに身を捩《よじ》る。こんなことは間違っていると頭では分かっているのに、触れる手の優しさがシェリルを惑わせた。

養父に好き勝手されていた時は、一秒でも早く苦痛が去ることだけを祈っていたはずが、ウォルターが相手だと思うと官能が滲むのが不思議だ。

行為自体に大きな差はない。けれど身体は正直に嫌悪と歓喜を切り替えていた。

腰をなぞられ、腕を撫で下ろされて、首筋を舐められ、乳房を摑まれても、嫌だとは感じない。むしろゾクゾクとした愉悦が生まれた。

喉を通過するのは呻きではなく滾った呼気。必死に声を殺そうとした結果漏れ出た、喘《あえ》ぎの欠片だった。

「これからは兄と呼ぶな。シェリルはゴールウェイ伯爵家とは何の関わりもない――ただの僕の愛人になるんだから」

「あ……っ」

耳朶に歯を立てられ、被虐的《ひぎゃく》な悦楽に翻弄《ほんろう》された。

シェリルは痛いことが苦手だし、そういう趣味は微塵もない。養父に縛られたり目隠しされたりするのも、本当は嫌で堪らなかった。

それなのにウォルターに嬲《なぶ》られていると思うと、腹の奥が熱くなる。やや強めに胸の頂を摘まれても、苦痛より快楽を覚えてしまった。

今、肌を隠してくれるのは下着のみ。それすら身体に引っ掛かっているだけの淫猥《いんわい》さ。いっそ全裸の方がいかがわしくない状態で、シェリルは妖しい声を出さないように全力を尽くしていた。

「ほら、呼んでごらん」

この状況に不釣り合いな彼の柔らかい物言いは、否が応でも過去の記憶をよみがえらせる。

探り探り兄妹になろうとしていた、睦まじく平和だったいつかのことを。『お兄様と呼んでごらん』と微笑んでくれた日のことを。

滲んだ涙が悲哀か恍惚かはシェリル自身にも判別できない。

冷静に考えようにも、ひたすら注がれる快感で溺れないよう、息を継ぐのが精一杯だった。

「や、ぁあ……っ」

「まさか僕の名前を憶えていないわけじゃないだろう？」

勿論、知っている。直接声にすることはできなくても、何度口内で転がしたかは数えきれない。本当は呼んでみたかった。

けれど『お兄様』ではなく名を口にしたいと願っていた己の卑しさを見抜かれた心地がして、シェリルの背筋が冷えた。

これは罪だ。抱いてはいけない感情と願望。兄に抱いていい種類のものではなかった。

「呼んで。命令だ」

「う、ふ……っ」

命令だと言いながらシェリルの口の中で指を遊ばせるウォルターの思惑は推し量れない。

舌を撫でられ、歯列をなぞられるとゾクゾクする。えずきそうなほど奥までは入ってこない彼の指先は、ひどく淫靡《いんび》にシェリルの粘膜を刺激した。

「ん、く……んん……っ」

口内にも性感帯があるのを初めて知る。乳房の頂が尖り赤くなれば、捏《こ》ねられる気持ちよさがより膨らんだ。

「早く」

「うぅッ」

若干痛みが勝る強さで乳嘴《にゅうし》を抓《つね》られ、シェリルはくぐもった悲鳴を漏らした。しかし直後に先端へ舌を這わされ、生温かい口内で愛撫される。すると痛みはジンジンとした法悦へ取って代わった。

腹を伝い下りた男の手が下着を完全に取り去り、シェリルの繁みを梳《す》く。咄嗟に脚を閉じて横を向こうとしたが、伸し掛かられた体勢からは逃れられなかった。

「そこは……駄目です」

「それなら早く名前を呼んで」

ウォルターと兄妹になって十年以上。人生の半分以上を彼の家族として生きた。けれどその間一度もウォルターの名前を音にしたことはない。

夜会や茶会で彼に憧れる令嬢たちがシェリルから情報を引き出そうとして名を呼ぶ時、秘かに嫉妬していたのは秘密だ。

誰にでも平等にある権利を、自分だけが持っていない気がして——心が痛んだことも。

——兄妹である限り、決して越えてはならない線があると思っていた。

自分のせいでウォルターが悪く言われてはいけないと、尚更己を厳しく律していたのもある。所詮は元平民の孤児と嘲られないよう、隙を見せる真似は避けていた。

——でも、いいの？　私がお兄様の名前を呼んでも……

もう兄妹ではなくなるのだから。そう宣言したのは、他でもない彼自身だ。それなら許されるのではないか。

理性と倫理感が根本から揺さ振られる。

善悪の天秤が傾いた先は、ある意味シェリルの欲望に忠実だった。

「ウォルター……様……っ」

声を絞り出した瞬間、彼の動きが一瞬止まった気がする。だが目を閉じていたシェリルに確証は持てない。

それにすぐ荒っぽく口づけられて、確認することはできなかった。

「んん……は、ふ……」

「もう一度」

舌を乱暴に絡ませられ、混ざった唾液を嚥下《えんげ》させられた。喉の奥が先ほどワインを口にした時よりも焼けて感じる。

クラクラするのは今頃酒が回ったせいなのか、それとも別の要因からなのかを見極められない。

操られるようにまたか細くウォルターの名を呼べば、濃厚なキスを施された。

「ぁ……んぅ……っ」

内腿の狭間へ忍び込んだ彼の指が、柔肌に圧をかける。それがじわじわ上昇し、付け根へ至るまでさほど時間はかからなかった。

「待って……！」

名前を呼べばやめてもらえるのではなかったのか。先刻のやり取りでは、そういう意味だと思ったから、シェリルは従ったのに。

咄嗟に片手でウォルターの手を阻もうと試みたものの、快感で力が入らないシェリルでは阻止しきれなかった。

易々と彼の指先が蜜口へ触れる。するとぬるりと滑る感触があり、シェリルは愕然とした。

「もう濡れている。シェリルは随分淫らな身体をしているんだな」

こちらを貶《おとし》めるウォルターの発言に言い返せなかったのは、自分でも驚いていたせいだ。何故ならシェリルは自身を不感症だとずっと思っていた。

養父もそう言っていたし、『そういうところがより人形のようで堪らない』と喜んでさえいたのだ。

養父に何をされても感じず、悍ましさに歪みそうになる顔を無表情で糊塗《こと》し、心と身体を切り離す術が上手くなっていた。

それ故、ずっと自分は性的なことに反応しない身体なのだと安堵と絶望が入り交じっていたのに。

——どうして、気持ちがいいの。

ウォルターに触れられた場所が熱くて、どんどん敏感になっている。考えてみたら胸に触れられただけではしたない声を我慢しきれなくなっていた。

こんなことは初めてで何が何やら分からない。他人と素肌を触れ合わせるのは、不快な行為だと思ってきたのに、認識を根底から覆された。

「ぁ……っ」

じりじりと淫欲が高まる。せめて反応してはならないと己を律しても、身体は際限なく昂っていった。

四肢に力を込め、息を整えることで平静を取り戻そうと足掻き、以前と同じに意識を現実から引き離そうと試みる。

だが淫芽を擽られた瞬間、掻き集めた自制心はいとも容易《たやす》く砕かれた。

「やぁあ……ッ」

痺れが末端まで広がる。味わったことのない愉悦に全身が汗ばむのを感じた。

掻痒《そうよう》感を凝縮した官能が花芯から生み出される。とてもじっとなんてしていられない。

不随意に手指が強張り、爪先は丸まった。

下腹が波打って、体内がいやらしく収斂《しゅうれん》する。光が爆《は》ぜ、快楽が飽和した。

「あ……ぁあぁッ」

圧倒的な悦楽は、疑問や不安を押し流した。羞恥心すら快感の糧になる。

尾を引く淫悦から抜け出せないうちに、再び両脚の狭間をウォルターの指が探ってくる。

しかも今度は大胆に開脚させられ、秘めるべき場所を晒された。

「嫌……っ」

彼に見られていると思うと、身体中の血が沸騰しそうになる。今ウォルターの視線がどこに据えられているのか分かってしまい、肌が汗ばみヒリヒリする。その上何かが蕩《とろ》け、蜜口から溢れるのを感じて、シェリルは真っ赤になった顔を背けた。

「本当に感じやすい。父上に躾《しつ》けられた？」

だが冷や水を浴びせる台詞に、高まっていた熱は一気に冷めた。

彼はとことんシェリルを淫らで強かな女だと思い込んでいるのだろう。経緯を思えば、そう見做されても仕方ない。むしろ他の解釈なんてできなかった。

ウォルターに蔑まれ、咽《むせ》び泣きたいくらい胸が痛い。真実は違うと打ち明けられたら、どれだけいいか。

悲しくて辛い。素直に大泣きできたなら。

――でも、何故私よりもお兄様……ウォルター様の方が辛そうな顔をしているの……

横目で捕らえた彼は、シェリルを嘲りながらも目尻が朱に染まっていた。あれは、ウォルターが悲しみを堪えている顔だ。

かつて同じ屋敷で暮らしていた際、彼が実母の命日に見せた表情。

普段落ち着いて大人びていたウォルターが沈んだ様子になり、母の死を悼んでいた。

お悔やみの手紙と共に贈られた品々は、没後十年近く経っているとは思えないほど膨大で、しかも高価なものばかり。

過去、実母が使っていた部屋でそれらに囲まれ、ぼんやり物思いに耽っていた彼は、涙を堪えて今と同じ切ない色を浮かべていた。

シェリルは肖像画でしか彼女を知らないけれど、ウォルターによく似たとても美しい女性で、交友関係が広かったそうだ。子爵家出身という特別高い身分でなくても、公爵家の友人までいたとか。

おそらくウォルターの生母は大勢に慕われていたのだろう。そうでなくては亡くなって何年も経っているのに、あれほど偲ばれるはずがない。確か王家からも使いの者がやってきていた。

そんなことを不意に思い出す。

状況は全く違い、ウォルターの心情も重なるはずがないのに。彼の瞳の奥にある悲哀の意味を探りたくなったのは、馬鹿げた願望が見せる幻か。

シェリルが戸惑う視線を返せば、ウォルターがぐっと奥歯を噛み締めた。

「……答えなくていい。聞きたくない」

「んぅ……っ」

強引な口づけは、まるで返事を封じるようだった。荒っぽく舌を絡ませ啜り上げられると、当然何も喋れなくなる。まして頭の芯が痺れてしまえば、思考力も鈍麻した。

至近距離で見つめ合い、彼の瞳に映る自身と眼が合う。映っていたのは、惑乱と情動を滲ませた女。

瞳が潤んでいるのは、きっと息苦しさだけが原因ではない。言葉にできない感情が、シェリルの中から溢れ出かかっていた。

——何も考えられない。

今こそ冷静になり、ウォルターと話をしなくてはならないと分かっている。このままでは引き返せない泥濘へ踏み出すだけだ。

既に汚れた身の自分一人が煉獄の焔に焼かれるのは、まだいい。粛々と受け入れられる。

だがそこへ彼を巻き込むつもりは毛頭なかった。

ウォルターを守るためなら、恨まれ軽蔑されても一人で罪を背負ってみせる。その決意は変わらない。しかしこの選択の果てにあるのは。

——別の罪を重ねようとしている。

女遊びが激しい貴族令息はいくらでもいるが、彼はそういう軽薄な男性ではなかった。ましてや一応今でもシェリルはウォルターの妹だ。

正式に籍が抜かれていない以上、これは倫理に反する。どんな醜聞に発展するか、想像すると背筋が冷えた。

父親が埋葬された日に、血が繋がっていなくても兄妹が関係を持ったと世間に知られたら――シェリルだけでなく彼の評判も地に堕ちる。

そんな未来が易々と想像できて、シェリルは思わずウォルターの胸板を強く押し返した。

「駄目です、お兄様……っ」

二人の間に空間が広がる。汗ばむ肌の奥から心音が響いていた。掌越しに彼の鼓動を感じ、シェリルの心臓も同じ速度を刻んでいるのが分かる。

男の滑らかでやや硬い素肌の感触が艶めかしく、手を離すべきなのに動けない。

動揺したシェリルが視線を忙しくさまよわせ、その先でウォルターと目が合った。

「父上ではなく、僕だから拒むのか？」

「え……っ」

驚きで服を見張り、視界が彼でいっぱいになる。荒々しいキスで呼吸は奪われ、隘路《あいろ》を指で侵された。

「うう……っ」

存分に濡れそぼっていたため、痛みはない。けれど初めての場所まで異物が入り込み、違和感は凄まじい。無垢な処女地が蠕動《ぜんどう》し、引き絞られる。

内側を擦《こす》られながら花蕾を親指で捏ねられ、シェリルは膝を閉じようと足掻いた。しかし間にウォルターがいては叶うはずもない。逆に彼の癇《かん》に障ったようで、より大きく両脚を左右に割られた。

「んん……ぁ、あッ」

淫窟を掻き回され、濡れ襞を掘削される。聞くに堪えない水音と共に、体内からとめどなく蜜液が溢れた。

太腿《ふともも》を濡らす温い水がウォルターの動きを助けるのか、指の動きは遠慮のないものになってゆく。本数は増やされ、内壁を摩擦された。

「ぁ……ふ、ぁッ」

口づけが解かれて自由になった唇から、嬌声《きょうせい》が迸《ほとばし》る。もはや声を抑えることは忘れていた。

ぐちゃぐちゃと淫音が掻き鳴らされる度に悦楽の度合いが増し、否定も拒絶も紡げなくなる。手足はシェリルの意思を裏切り、シーツに皺を寄せる動きしか取れない。

せめて縋るものが欲しくてしがみついたのは、剝ぎ取られ放り出されたシェリルの寝衣だった。

「や、も……ぁ、あ……やぁあ……っ」

「浅ましく滴らせて……シェリルがこれほど淫奔《いんぽん》だとは思ってもいなかった」

「はぅ……ッ」

指とは違うものに花芯をねっとりと包まれ、知らず腰が浮いた。

湿っていてざらついた不思議な感触。それでいて熱い。グネグネと動くそれは、弾力があって陰核へ絡みつく。かと思えば全体で押し潰された。

「ふ、は……ぁ、あああッ」

気持ちがいい。肉欲に支配され、おかしくなってしまいかねないほど。

けれど頭を起こし目に飛び込んできた光景に、シェリルは仰天した。

己の股座《またぐら》にウォルターが顔を埋めている。赤い舌を伸ばし、シェリルの不浄の場所を味わうために。

神の祝福を得ているとしか思えない美しい人が、醜い自分の中でも特に汚い場所を舐めているのだと悟り、別の意味で頭が真っ白になった。

「駄目です！」

到底、受け入れられない。神への冒瀆《ぼうとく》も甚だしい。

シェリルが身を捩って拒むと、彼の腕に力が籠った。拘束がきつくなる。痛いほど強く摑まれた太腿に、ウォルターの指が食い込んだ。

「窮《すぼ》め」

「煩《うるさ》い」

「あ……ん、ぁ……ああアッ」

硬い歯に甘噛みされ、窄《すぼ》めた唇で淫芽の根元を圧迫された。

限界は、あっけなく訪れる。

シェリルは喉を晒して声を上げ、数度全身をヒクつかせた。快楽が脳天へ突き抜ける。嵐に揉みくちゃにされ、疲労感が大きい。

痙攣《けいれん》した指先から力が抜ける頃には、涙で視界が霞んでいた。

「あ……ぁ……」

「――シェリルがこんなに淫蕩《いんとう》な顔をするなんて知らなかった」

顎を摑まれ固定されたせいで、みっともなく蕩けた表情を隠すこともできない。それどころか口の端から垂れた唾液を舐め取られ、己のふしだらさを突き付けられた心地がした。

――私の罪深さに、お兄様を引き摺り込んではいけないのに……

ごまかしきれない歓喜が胸に巣くっている。期待が燻《くすぶ》って、陰唇はだらしなく疼《うず》いていた。

引き返さなくては、これまでシェリルが耐え忍んだ時間が無駄になる。

いくら一番隠したかった秘密を守れても、取り返しがつかない。そんなことになれば、シェリルはきっと一生後悔する。己を呪い、永遠に許せないだろう。

けれど同時に、ウォルターとの縁が途切れずに済むと思うと、抗い難い喜びもあった。

――気づきたくなかった……

汚らわしい想いが自分の内側に燻っている。直視したくなくて、ずっと見ない振りをしてきたものが、今になって存在を主張していた。

シェリルは、ウォルターを愛している。

兄としてではなく、一人の男性として。心の拠り所であり、憧れから愛情へと変化するのは自然なことだった。

これまでの人生、本当の意味でシェリルに優しく接し、心を砕いてくれた唯一の人。そんな相手を特別に感じないわけがない。

もうずっと以前からシェリルにとってかけがえのない人だったのだ。

――兄にこんな気持ちを抱くなんて、私はやっぱり汚れている。

偽れなくなった本心がひび割れた。

好きだから、拒みきれない。養父の時とは違い、身体は正直だった。愛しい人に触れられて、大喜びで迎え入れようとしている。

理屈を捏ね正論を並べる理性を簡単に捻じ伏せて。

「……初めて目にするのが僕じゃないのが腹立たしいな」

苛立《いらだ》つウォルターに告げる言葉が見つからない。たとえ今『初めてだ』と言っても、彼が信じるとは思えなかった。

養父に何をされても、シェリルが喘いだことは一度もない。それどころか鳥肌が立つことはあっても、それ以外の変化は起こらなかったのだ。

心を殺し、人形であろうと自分自身を呪っていたから。現実を切り離していなくては、長い年月正気を維持できなかった。

それなのに今は、身体に心が引き摺られている。もしくは心に肉体が影響されていた。

「あ……ッ」

蜜口に硬い切っ先が押し当てられる。それが何なのかが分からないほど、シェリルは無垢ではなかった。興奮した男性がどうなるのか、望まずとも知っている。ただ、じっくり直視したことはない。

養父の性癖はシェリルを人形として扱うことであり、生殖行為ではなかったから。陰茎が変化することはあっても、挿入を求められたことはなかった。

「お兄様……っ」

「違う。名前を呼べと何度言ったら分かる？」

覆い被さってきた彼が忌々しげに吐き捨てる。目尻は赤く染まっていた。

「ウォルター様、私……っ」

「今更嫌だと言われても、もう止まれない」

伝えたかったのは、『初めて』だということだ。信じてもらえなくても、これは紛れもない事実。

シェリルは生娘《きむすめ》であり、この先の行為は未知の世界だった。

「あぁ……っ」

焦るあまり舌が動かず、その間に陰唇を割り拓かれる。到底大きさが合わない質量が体内へ入ってきて、シェリルは告げるべき言葉を見失った。

「……っ、きつい」

歯を食いしばった彼が小刻みに腰を揺する。その度に少しずつ結合が深くなり、痛みも増した。

身体の真ん中から引き裂かれそうな激痛で、上手く呼吸もできない。

シェリルがシーツに爪を立てると、こめかみに口づけを落とされた。

「……息を吐《は》いて」

「……っく」

そんなことを言われても、目を開くことすらできない有様で、全身が強張っている。壊れてしまわないか、本気で不安になった。

――痛みで死んでしまいそう。でも、ウォルター様の腕の中で死ねるなら……悪くない最期かもしれない。

自分でも馬鹿なことを考えている自覚はある。けれど地獄の底で蹲《うずくま》っていた時よりはずっといい。今後、これまでより不幸にならなければ構わないと考えていたシェリルとしては、今夜が一番幸せな瞬間とも言えた。

「シェリル……」

目を閉じたまま聞いていれば、甘く名前を呼ばれた錯覚を抱ける。勘違いで構わない。瞼《まぶた》や頬、唇に次々と落されるキスの雨も、まるでこちらを慰撫《いぶ》してくれるように感じられた。

憎い相手を貶めるためとはとても思えない。愛されているのでは——とひと時の夢を見られれば充分だった。

——ウォルター様は昔から優しいまま……この方を歪めてしまったのは私なんだ……だからこのことで罪を負うのは、シェリルだけ。憎しみをこちらにぶつけて彼が自身を正当化できるなら、今後も嘘を吐き続ける。

そう心に誓い、シェリルは睫毛を震わせた。

「……っ、シェリル」

「……ぁあッ」

息を乱したウォルターが、強く腰を突き上げた。狭隘《きょうあい》な道を一息で貫かれる。衝撃で数秒間、シェリルの意識が飛んだ。

体内の中心を硬く大きなもので満たされている。随分奥まで突き刺さったものが、生々しい存在感を放っていた。

「……ぁ……あ……」

ほんの僅かな振動も下腹部に響く。そこからジンジンと痛苦が広がる。ただし次第に耐えきれない苦痛は和らいでいった。

「シェリル、こっちを見て」

懇願に似た命令に従い瞼を押し上げる。視界は涙で完全にたわんでいた。先ほどよりも強張りが解けたのは、しばらく彼が動かずにいてくれたからだ。ようやく呼吸を思い出したシェリルは、詰めていた息を吐き出した。

「これで、君はもう父上のものではなく僕のものだ」

汗に濡れた前髪を掻き上げ、ウォルターが凄絶な色香を滴らせる。

声音からは彼の心情を拾いきれない。だがシェリルの花芽を転がし快楽を引き戻そうとする手つきは、ひどく優しかった。

「ぁ……んん……っ」

下火になっていた愉悦が揺り起こされる。すっかり膨らみ色付いた蕾は、貪欲に快感を享受する。

胸の頂も同時に舐められて、痛みで委縮していた身体はたちまち熱を帯びた。

既にシェリルの弱い場所はウォルターによって探り当てられている。的確に責められると、声に甘さが含まれるのに、たいして時間は必要なかった。

「あ……や、ぁあ……ァあぁ……ッ」

ゆっくりと彼が動き始める。体内を往復されるとまだ痛い。それでも敏感な部分を丁寧に愛撫されると、天秤はあえなく喜悦へ傾いた。

「口を開いて」

「は……んむ……っ」

言われるがまま従えば、濃密なキスで塞がれた。舌を絡ませわざと水音が奏でられる。口内から響く淫靡な音が酩酊感を誘った。

緩やかに揺すられ、蜜路を擦られて、ウォルターの楔《くさび》がシェリルの蜜窟を支配する。肉壁を掘削され愛液を掻き出されると、淫らな音が室内に響いた。

誰かに聞かれていやしないか不安になる。もしこんな場面を目撃されたら、互いに身の破滅だ。だが秘密が露見したらと想像すると、養父の時とは別物の感慨も湧いた。

——ウォルター様と堕ちる地獄なら、きっと甘美に違いない。

愚かな妄想を振り払いたくて、シェリルは夢中で口づけに溺れた。次第に法悦が増してきて、逸楽で思考力は鈍る。

それを言い訳にして、彼の背へ両手を回した。

「ウォルター様……っ」

「シェリル……！」

こちらの呼びかけに呼応するように彼が狂おしい声で名前を呼んでくれたと感じるのは、シェリルが見たい幻の可能性が高い。現実はいつだって厳しく冷淡なのだから。

きっとこの夜限定の夢だと思い、考えるのはやめた。

せめてこの瞬間だけ幸福感を味わいたい。とっくの昔に諦め手放したものを取り戻した幻影に浸りたかった。

――夜が明ければ、全部終わり。

それがどんな形に決着するのかは、まだシェリルにも分からない。ウォルターの言う愛人云々は、一時の怒りに任せたものに違いなかった。それなら朝になって冷静さを取り戻せば、この聡明な人は己の罪に愕然とするだろう。

――大丈夫。全て私が背負って償う。

何もなかったことにすると告げ、改めて養護施設への寄付をお願いすれば聞き入れてもらえるのでは。狡い打算だ。だがこれしか願いを満たせる方法は思いつかない。

今宵限りと割り切って、シェリルは長年秘めていた願望を解き放った。

愛しい人へ思い切り抱きつく。同じ律動を刻みながら身体を密着させ、彼の耳元へ唇を寄せた。

声にはせず呟いたのは、一生告げるつもりのない気持ち。

ウォルターからは見えないのをいいことに『愛しています』と唇の形だけで伝えた。

「シェリル……っ」

彼の動きが激しくなる。ベッドが軋み、視界も上下に乱れた。元より霞んでいた視界は更に涙でよく見えない。

けれど今は、それでよかったとも思った。

ウォルターが切実な声で名前を呼んでくれるのが嬉しい。それを頼りにして自分に都合のいい夢を見る。

淫道で彼を抱きしめ、一つになる喜びを堪能した。

「あ……アっ、あああ……ッ」

光が爆ぜる。蜜壺が収斂し、ウォルターの肉杭を締め付けた。膣内で彼の剛直がビクビクと跳ねる。直後に熱液が注がれた。

「……っく」

低く呻いたウォルターが強く最奥を抉《えぐ》ってくる。最後の一滴までシェリルの内側に塗り込めようとする動きに、絶頂から下りてこられない。

何度も押し寄せる恍惚の波で、シェリルは打ち震えた。

「……ぁ、あ……」

額に口づけられ、乱れた髪を直してくれた指先に愛おしさが募る。彼にしてみれば、おそらく特別な意味のない行為に過ぎなくても、シェリルにはこの上ないご褒美同然だった。つい気持ちが溢れ『好き』だとこぼしそうになって、懸命に己を戒めるくらいに。

離れてゆくウォルターへ手を伸ばさないよう、ぐっと拳を握りしめる。身の程知らずに我が儘になる自分が怖い。できる限り早く離れた方がいい。でないともっと欲張りになってしまいかねなかった。

身体を動かせるようになったら、速やかに自室へ戻ろうとシェリルが考えていると。

「――……え？」

彼が驚きの声を上げ、固まっていた。

凝視しているのは、どうやらシーツ。もしくはシェリルの脚の狭間だった。

「どうして――」

ウォルターの声を最後に、疲労の限界に達したシェリルは意識を手放した。


シェリルが目を覚ますと、見慣れた天井が視界に入った。自分の寝室だ。

いつも通りの光景。それでいて普段とは如実に違う痛みと疲労感が、全身を重くしていた。特に言葉にし難い場所が怠《だる》くて堪らない。

しばし原因に思い至らず、シェリルはぼんやりと横たわったまま昨晩の記憶を探った。そして、ウォルターとの間に起こった過ちを全て思い出したのだ。

「……っ」

慌てて飛び起きようとしたが、上体を捩るのが精一杯。結局、仰向けからうつ伏せになり、悲鳴を噛み殺した。

──全部夢だったらいいのに。

流されてはいけなかった。他にもっといい方法があったはずだ。それなのに愚かな熱に浮かされ、シェリルが道を誤ったのは間違いない。全ての非は、自分にある。

ほんの少しも喜びがなかったと断言できないことが、紛れもない大罪の証明。あれこれ言い訳を並べ立て、長年押し殺してきた願いを叶えただけだと自分でも分かっている。後悔に苛まれつつ、シェリルはいつまでも自己嫌悪と憐憫《れんびん》に沈んでいる場合ではないと思い直した。

窓の外は明るくなっており、とっくに夜が明けている。廊下では使用人たちの働く気配もしていて、このまま部屋に籠城《ろうじょう》していては不審感を持たれる。ただでさえ微妙な立ち位置のシェリルは、これ以上屋敷内で浮いた存在になりたくなかった。

──だけど私、いつこの部屋に戻ったの？

昨夜ウォルターの部屋で『身体を動かせるようになったら、速やかに自室へ戻ろう』と考えたことまでは覚えている。

だがその後プツリと意識が途切れた。身も心も限界に達し、熟睡してしまったのだと思う。

夢現《ゆめうつつ》でどうにか寝室へ戻ったのだろうか。それにしては何も覚えていないし、様々な体液で汚れたはずの身体はサッパリしていた。

しかも眠る前に着用していた寝衣とは別のものを纏っており、当然ながらそれらの記憶もない有様。

――まさか……ウォルター様が運んでくださった……？

そして諸々の後始末をしてくれたのか。

だとしたら非常に居た堪れない。とは言え、万が一誰かメイドに命じたのだとしたら、そちらの方が厄介だった。

昨日の件が露見すれば、大変なことになる。シェリルの評判が地に堕ちるだけではなく、彼も深手を負うに決まっていた。それを理解できないウォルターではあるまい。

――それなら、やっぱり……

理由は単純に彼も疚《やま》しさを隠したかっただけかもしれない。けれど、シェリルの枕もとに果実水が入ったピッチャーが置かれているのを見つけ、それだけではないと淡い期待が生まれた。

――ハンナだったら、普通の水を用意してくれることはあるけれど……少なくとも昨夜は置かれていなかったわ。だからたぶん、ハンナではない。考えられるのは――

果実水に何らかの意味を見出したくなる。

目覚めたシェリルの喉を案じてくれる程度には、大事に思われているのではないかと。

――過剰な期待をしては駄目。ウォルター様は元来とても気遣いができる親切な方だもの……軽蔑している私にも優しくしてくださるだけよ。深い意味はないわ。

きっとこれが彼の通常であり、特別ではない。敢えて自分に言い聞かせないと勘違いしてしまう己が恐ろしかった。

激しく喘いだせいで、シェリルの喉は掠れている。ありがたく果実水を飲むと、薄く爽やかな甘みが心地よく喉を潤してくれた。

とても美味しい。しかもどうやら蜂蜜が加えられている。シェリルが昔から好きな味だ。

ウォルターが覚えていてくれたのかと思うと、心がざわめいた。

――ううん。たまたまよね？　でもこれで使用人たちに昨夜のことを知られずに済むわ。

シェリルが別の場所で眠っていたり、寝起きにただならぬ様子であったりしたのなら、誰もがあれこれ詮索するに決まっていた。早朝に水を持ってきてくれと言うのも、普段しないだけに不自然に思われそうだ。

それらを回避できたのなら、ありがたい。このまま『何もなかった』振りを続けるのも不可能ではなかった。

——折を見て、ウォルター様と交渉しよう。何としても施設への援助を継続してもらわなくちゃ。

彼は今頃昨夜の出来事を悔いているだろうか。

そう思うと痛む胸があるのは無視し、シェリルは慎重に起き上がった。

やはりあらぬところが痛みを訴えているものの、ゆっくり動けば何とかなる。時刻を確かめれば、そろそろいつもの起床時間。

ハンナが起こしに来る前に、素早く最低限の身支度を整えるつもりだった。

——もしおかしな痕が残っていたら困る。

ウォルターが不用意なことはしないと思うが、念には念を入れた方がいい。姿見で背中を確認するため、シェリルはベッドから下りて立ち上がった。

——ああ、膝が震える。

情けなく下半身に力が入らなかった。それでも必死に脚を踏ん張り、身体を支える。よろよろと鏡の前へ移動し、ホッとしたのも束の間。

「——今日はゆっくり眠っても誰にも咎《とが》められない。君は連日の心労で寝込んでいるとハンナには告げた」

この場にいるはずのない男の声がし、文字通りシェリルは飛び上がった。

「え……っ？」

振り返れば、背後にウォルターが立っているではないか。しかも彼の手にはトレーがあり、その上には朝食が並べられていた。

「まだ動くのは辛いだろう」

平然と昨晩のことに言及するウォルターに困惑する。てっきりあの件は一夜の過ちとして処理されると思っていた。それなのにごく当たり前の顔をした彼は、落ち着き払っている。

こちらを案じる気配を滲ませる様子は、理想の兄だった当時そのもの。もしや本当に全てシェリルの夢か妄想だったのではないか訝るほど、『何もなかった』頃の懐かしいウォルターと同じだった。

——全部私の夢だった……？　どこからどこまでが……？

「父上を見送って疲れが出たと説明したから、誰も疑っていない」

いや、平気な様子と呼ぶには、やや違和感があった。

彼はこちらに近づいてきて、テーブルにトレーを置いても、シェリルと視線を合わせない。頑なに逸らされたまま。その点は若干奇妙だった。

——昨日は鋭く睨みつけてきたのに……

憎しみの籠った眼差しでも、視線が絡まないよりはいい。そんなことを思う自分は、やはりどこかおかしい。それでも物寂しく感じてしまう気持ちは、ごまかせなかった。

——私を視界に入れるのも嫌なの？

「……身体は大丈夫か」

「は、はい」

自分を案じる言葉に舞い上がるシェリルは、まさに彼の何気ない言動で一喜一憂している。それを勘付かれたくなくて、殊更《ことさら》平静を装った。

実際のところ、依然痛みは残っているがゆっくり休めば問題ない。それに動けないほどではないので、本当に平気だった。

だがシェリルが頷いても、ウォルターの微妙な態度は変わらない。相変わらずこちらに眼差しは向けられないまま、どこか気まずげですらあった。

——やっぱり後悔しているから？

あんなことになったのは、不幸な行き違いの積み重ねだ。彼にとって不本意に決まっている。だから素知らぬ振りをしてくれたら、シェリルも便乗して忘れた演技をするつもりだった。

それなのにこうも意味深な態度を取られては、反応に困る。いったいどういう了見なのか判じかね、シェリルは身を固くした。

「……その、無理をさせて怪我を負ったのなら、医者を呼ぶか？」

「……え？」

初めての行為で疲れ果ててはいるが、怪我とは何のことだろう。

不可解な問いに本気で面食らった。

「……出血は昨日のうちに止まったが、もしまだ痛むなら——」

「出血？」

血を流す傷を負った覚えのないシェリルは首を傾げた。本当に何の話か見当がつかない。指を切った覚えも転んだ記憶もなく、月のものがくるには周期がズレている。痛みがあるといえば、口に出し難い場所なのだが——

シェリルは自分の知識がひどく偏っていることに欠片も自覚がなかった。特に、男女の閨に関することは。

養父の鳥籠で飼育されていたのも同然のシェリルに、正しい知識を授けてくれる女性は、これまで一人もいなかったのだ。

本来なら結婚適齢期に、性的な教育を親族の女性から受けている。女性の嗜《たしな》みとして、寝所での振る舞いや正しい作法について。

けれど歪んだ養父の欲望に囚われたシェリルが教えられたのは、限定的なことだ。

興奮した男性の身体が変化すること。女性の身体がどう準備を整えるのか。子を孕む方法。

それらの中に、初めてが出血を伴うものだという情報はなかった。

端から挿入する気のない養父にしてみれば、不要な内容だったのだろう。ただ言葉で嬲りながら人形遊びに興じたい男には、興味もなかったのかもしれない。人形が血を流せば、興ざめもいいところだ。

故にシェリルはウォルターが言わんとする内容を理解できなかった。

「あの……私は何でもありません」

よく分からないなりに、心配されているのは感じられる。そこでシェリルは元気なところを見せようと一歩踏み出した。

その刹那、股の間から何かがトロリと溢れ出る。驚いてつい硬直すると、彼が眉間に皺を寄せた。

「やはり辛いのか」

「え、いいえ。そうではなく……」

生温い滴が下着を濡らす。おそらく昨夜注がれた白濁が溢れてきたのではないか。そう思い至ると、恥ずかしくて堪らなくなった。

——どうしよう。動くと余計に流れてしまいそう。それにこれが子種なら、赤ちゃんができてしまうこともあり得るんじゃ……

昨日はそこまで考えられなかった。

けれど一晩経てば事の重大さが一層感じられる。もし、あの一夜の過ちが実を結んでしまったら――

想像すると罪深さに眩暈がした。私生児を抱え、生きてゆくのは大変だ。金も必要な今、どうすればいいのかシェリルは必死に頭を巡らせた。

そこではたと気がつく。

自分はウォルターとの間に子が宿れば、産むつもりであることを。

それを当然と考え、ちっとも忌まわしく感じていないことを。

「――とにかく食事を持ってきたから、食べろ」

黙り込んだシェリルへ探る視線を向けつつ、彼が命じる。トレーには、豆のスープと卵を挟んだサンドイッチ、カットされたパイナップルにミルクと茶器が並べられていた。

――どれも私の好物ばかり。

中でもパイナップルは非常に高価な果物だ。温室で莫大な費用と労力をかけて作られる。貴族たちの富の象徴でもあった。

そのためゴールウェイ伯爵家であっても、滅多に食卓に並ぶことはない。まして朝食に出されたのは初めてだった。

「あの……」

「いつまで立っているつもりだ？　シェリルが食べないのなら、捨てることになる」

そう言われてしまうと、固辞するのは躊躇われた。

そろそろと足を運び、ソファーに腰掛ける。淫液がこれ以上滲み出ないよう緩慢に動くが、その間、彼がこちらを盗み見ているのが感じられた。

「ウォルター様は食事を終えられたのですか？」

「僕は軽く済ませた」

「相変わらず、早起きでいらっしゃるんですね」

彼が昔と変わらず規則正しい生活を送っているのだと思うと、懐かしさで胸が疼く。

かつてシェリルが焦がれた人の変わらない一面を見つけて、秘かに喜びを噛み締めた。

だが、テーブルを挟んで目の前にウォルターが座ったことで、追憶は強制的に断ち切られる。

シェリルがスープを口に運ぶのを見つめてくる男の視線は鋭い。何か言いたげで、機を窺っているのがありありと伝わってきた。

いったい何を告げられるのか。

昨夜の話を蒸し返され、『出ていけ』と言われるか。それとも。

緊張感でろくに味が分からなくなっても仕方あるまい。重苦しさをごまかすために、シェリルは無心で手と口を動かし続けた。

やがて全ての皿を空にして、胃の重みを茶で薄めていると。

「……シェリルをゴールウェイ伯爵家の籍から抜くのは、父上の喪が明けてからにする。だがその間も僕は君を妹扱いする気はない」

「……っ」

やはりシェリルを追い出す予定を変えるつもりはないらしい。

けれどこちらも『そうですか』と頷くわけにはいかない。昨夜のことを交渉材料にしてでも援助の件を了承してもらわなくてはならなかった。

──本気で拒まなかったくせに、いざとなれば被害者面してウォルター様を脅そうと考えるなんて……我ながら最低の女だわ。

自嘲が唇を歪ませる。

こうなったら、とことん嫌な女になってしまおうか。どうせ彼には父親を誘惑し散々好き勝手をしてきた淫奔な悪女だと思われている。

今更もっと軽蔑されても、大差はないだろう。

みっともなく哀願し、蔑まれても守りたいものがあった。覚悟を固めたシェリルは、膝の上で拳を握りしめ、大きく息を吸う。

意を決して顔を上げると、真正面からウォルターと視線がかち合った。

声が詰まったのは、彼が真剣な面持ちでこちらを凝視していたから。

あまりにも切実な表情に、言葉は無為に消え失せた。

「……父上が亡くなってすぐに君を排除するのは、流石に外聞が悪い。だから少なくとも一年は、表向き全てこれまで通りにしよう」

「では……あの、慈善活動は」

「ああ、父上が長年寄付していたものは継続させる。……君との確執を理由に、養護施設への援助を打ち切る気はない」

その言葉がどれだけシェリルを安堵させたか、ウォルターは知らないに決まっている。その約束をしてもらえるだけで、もう充分だった。

——よかった……それならゴールウェイ伯爵家を追い出されても構わないわ。

ひっそりと地方で静かに暮らせればそれでいい。他には何も望まない。昨夜の思い出を胸に、一生秘密を守って生きていこうと思った。けれど。

「ただし全ては、シェリルが大人しく僕の愛人になるなら——だ」

「え……っ？」

その件はもう触れない話題だと思っていたシェリルは啞然とした。

どう考えても、ウォルターにプラスになるものがない。むしろ弱みとなりかねないではないか。人に知られれば、醜い噂の種になるのは確実。面白おかしく消費され、これまで築き上げたゴールウェイ伯爵家の評判も彼自身の評価もめちゃくちゃになる。

そんな愚行をウォルターが犯すなんて信じられず、シェリルは聞き間違いを疑った。

「あ……申し訳ありません。もう一度おっしゃっていただけますか？」

「喪が明けるまで、対外的には家族として暮らす。でも実質的には僕の愛人になってもらう」

淡々と告げられた内容は、勘違いする余地がないほど明確だった。しかしだからといって即座に嚙み砕けるわけではない。

意味が伝わったからこそ、シェリルは瞠目することしかできなかった。

「何を――」

「簡単なことだ。シェリルにとっては、相手が父上から僕に変わるだけ。それでこの先も対外的には同じ生活が保証される。迷う必要はない」

意識が遠退いたものの、ここで失神するわけにはいかなかった。

シェリルは何度も深呼吸し、懸命に冷静さを保とうとする。だが動揺は広がるばかり。今や指先だけでなく全身が小刻みに震えていた。

「ほ、他のことでしたら従います。でも……」

「何でもすると言ったのは、君だ。それとも――何もかも失ってこの家を出ていくか？　選択肢は二つ。選ばせるだけ感謝してほしいな」

ウォルターの言うことにも一理ある。養父との関係を知られた以上、シェリルは今すぐ叩き出されてもおかしくなかった。それなのにこうして別の道を提示されている。まさに感謝してしかるべきだ。

ただし示されたのが、本当にシェリルにとって『救済』に当たるかどうかは分からなかったが。

じりじりと追い詰められているのを感じる。

逃げ道は見当たらない。狭まる壁に囲まれて、間もなく押し潰されてしまいそう。

窒息の恐怖で、シェリルは喘がずにいられなくなった。

「……ウォルター様のおっしゃる通りにすれば、私の願いを聞き届けてくださいますか」

「ああ。僕は嘘を吐かない。――シェリルと違って」

痛烈な皮肉は、長年真実を明かさなかったシェリルに対する恨み言だった。

彼にしてみれば、家族だと信じていた相手に裏切られたと思ったのかもしれない。妹として愛してくれていた分、怒りも憎しみも絶大なものになる。そこへ父親の死が重なり、心がひび割れても不思議ではなかった。

――私がウォルター様を傷つけた。だったらこれが罪滅ぼしになるのかしら。

彼の憎悪を受け止めることで、ウォルターが少しでも癒されるなら、意味はある。自己犠牲なんて酔った言い訳をするつもりはない。

シェリル自身、彼の傍にいられる理由を見つけ、歪んだ高揚に包まれていたのを無視できなかった。

──ああ、救われない。でもまだウォルター様と離れずに済む。私はお父様がおっしゃっていたように、人間として欠けた人形なんだわ……

泥の中で見つけた喜びに耽溺《たんでき》する。そうすることで、シェリルはままならない自身の感情と折り合いをつけた。

「返事は？」

獲物を逃がすまいとする獰猛な眼差しに搦《から》め捕られ、上手く息ができない。求められている答えはただ一つ。それ以外許されない空気に、屈するより他はなかった。

「……ウォルター様の愛人になります」

「──よろしい。契約成立だ」

この日、辛うじて兄妹の形を保っていた二人の関係は、完全に壊れた。

3　人形遊び

養父が死んで、もう二度とこんな格好をすることはないとシェリルは思っていた。流行りとは無縁な、仰々しく重い服。着心地を無視した素材と、動き難い装飾。機能性は考慮されていない。本来なら金輪際《こんりんざい》袖を通す必要もなく、処分されてしかるべきもの。だがそれは、甘い考えだったらしい。

「――へぇ。普段のシェリルは地味な格好が多いが、こういう服も似合うんだな」

大きなリボンや過剰なフリルがあしらわれたドレスを纏ったシェリルは、鏡に映る自分と対面していた。

揃いで作られた帽子は華美で重く、合わせた靴は到底歩けない高さのヒール。つまり外出するのは現実的ではない。それ以前にドレス自体、世間の常識とはかけ離れた露出度だった。

夜会で胸を強調するのは珍しいことではないけれど、淑女であれば脚は隠すのが当然。それが膝も露わな短い丈は、娼婦だって選ばない趣味の悪さだ。

全ては、養父が自らデザインし、作らせたもの。付属の手袋や鞄、宝飾品に至るまで。

養父が『遊具』と呼んだそれらは厳重に隠されていたのだが、偶然ウォルターが見つけ出し、シェリルに着用を迫った次第だった。

「はは。この腕飾りは手枷になっているわけか。全くいい趣味をしている」

繊細な彫刻が施された金属の輪は、左右両方の手首に嵌める上、間が鎖で繋がれている。しかも鎖の長さは調整できる仕様だ。一番短くしてしまえば、縛られているのと大差なかった。

両腕を背中に回した状態で腕輪を嵌められ、自然と胸を突き出す体勢を強いられる。これらの全部は、シェリルの寝室の隠し扉の奥に置かれていた。養父は『お前のものだから、お前が管理しなさい』と薄ら笑いを浮かべ、俯くシェリルを満足げに眺め下ろしていたものだ。

養父の死後早急に処分したかったのだが、迂闊《うかつ》に捨てれば人目につきそうで機会がなく、後回しにしていたのが悔やまれる。

おかげで偶然隠し部屋を発見したウォルターに『シェリルの趣味で揃えたもの』とまた新たな誤解をされてしまった。

おそらく、余計に卑しまれていることだろう。

頭から爪先まで着飾ったシェリルは、まさしく人形そのものだった。自然、表情が凍り付く。自発的に動いてはいけないと長年言われ続けたこともあり、こういう格好を強いられると声も出せなくなる。だから、適当な言い訳も思いつかない。

ぼんやり腰掛けていると、目の前に跪いた彼が靴のリボンを結び直してきた。それは太腿まで編み上げになったもの。実用性は皆無で、少し動けばずり落ちてしまう。

あまりにも心許ない上、自分では着脱するもの難しい。他者に着せてもらい、動かないことが前提の『人形用』に間違いなかった。

さりとてシェリルは人間だ。

足首からリボンを交差し段々上へ巻きつけられる度、ウォルターの指が肌を掠めて落ち着かなくなる。

ふくらはぎを通過し膝を越えて太腿まで。

淡い接触が殊《こと》の外《ほか》淫靡に思え、ふしだらな吐息が鼻を抜けそうになったのは、一度や二度ではなかった。

「シェリルは色が白いから、深紅が映える。普段紺や濃い緑のものばかり着用しているせいで、鮮やかな色彩は印象になかったな」

背後に回った彼がシェリルの肩を撫で下ろした。その立ち位置からでは、大胆に開いた胸の谷間がよく見えるだろう。

乳房の狭間へ視線を促すように垂れる首飾りが熱くなるほど、羞恥で体温が上がる。今身につけているものの中で、これだけが養父が揃えたものではなかった。

シェリルが十三歳の誕生日を迎えた日、ウォルターがわざわざ贈ってくれたものだ。少

女には大人びて感じられたネックレスが、六年経った今ではしっくりと馴染む。

あの時、シェリルがどれほど嬉しくて咽び泣いたか、きっと彼は知らない。

シェリルには何物にも代え難い宝物になった。ただ、実際に着用したのは数える程度だ。理由は簡単。養父がいい顔をしなかったから。

そのため大事にしまい込み、時折眺めるのがシェリルに許された数少ない癒しだった。

——この世で一番大事な首飾りを、ウォルター様の手で付けてもらえる日が来るなんて、想像もしなかった。

こんな時なのに、歓喜が滲む。

ほんのり赤くなった肩へ口づけを落とされ、シェリルは無反応を貫けなくなった。

「本当はこういう格好が好きだったのか？　寝室も随分少女趣味で驚いた」

違うと言えたらどれだけよかったか。全て養父の趣味だと。

息子が屋敷に寄りつかなくなってから、養父は一層『遊び』に没頭した。その結果、シェリルの部屋は昔以上に低年齢仕様になったと思う。まるで乳母が必要な女児の好みだ。けれど言えない。口にしてしまったら、『だったら誰が、何故用意したのか』問われかねない。

ウォルターの父親に対する幻想を打ち砕かないため、シェリルにできるのは口を噤むことだけ。

沈黙は、消極的な否定だ。けれど伝わるわけもなく、彼は鏡越しに昏《くら》い双眸でシェリルを見つめてきた。

「不満そうだな。――父上にのみ見せたかったのか」

「違……っ」

膨らむ誤解に耐えきれず、シェリルは思わず声を漏らした。

ウォルターの前ではどうしても人形に徹せない。どんなに心を切り離そうとしても、素のままの自分が出てきてしまう。

自分を殺すことには慣れていたはずが、いとも容易く人間へ引き戻された。

「……そんな表情も初めて見た」

首の後ろに口づけられて、愉悦が滲む。たったそれだけのことで熱を帯びる自分の身体が不可解だった。

この程度、以前なら何も感じない。何が触れたのか考えもせず、『早く一人になりたい』とばかり考えて時間が過ぎるのを待っていた。

――だけど今日は、意識を切り離せない……！

彼の指の触れ方。吐息の温度。唇と舌の感触の違い。全て生々しく感じる。どれ一つ取りこぼしたくなくて、自ら五感を鋭敏にしているみたいだ。

シェリルの意識の全部がウォルターに向かい、次に何をされるのか全身全霊で彼を探っていた。

「君は化粧をしなくても綺麗だけど、紅を塗ったらまた違う雰囲気になりそうだ」

彼の指先で唇を辿られ、感じたことのない愉悦に慄く。薄く開いた隙間から口内へ人差し指が侵入し、前歯に触れられた。

反射的に引っ込んだ舌を追いかけて、男の指が押し込まれる。下手に動くと喉を突かれそうで、シェリルは身を固くした。

「嫌なら、噛んでもいいのに」

「ん……ふ、ぁ」

そんなことできるはずがない。しかしシェリルの意思に反して顎に力が入りそうになった。

もう片方のウォルターの手が、ドレスのリボンを解き始めたせいだ。

特別な作りになっているこの服は複雑そうに見えて、中央のリボンを解くと簡単に脱げる仕様になっている。

基本的に貴族女性の服はメイドの手を借りないと着付けるのが難しい。男性である養父が一人でシェリルに着せるのは、色々面倒だったのだろう。そこで、様々な工夫が施され、見た目よりも分かりやすく作られているのだ。

「本当によくできている。他のものもこんな感じなのか？」

「ん……っ」

似たり寄ったりで、養父の歪んだ趣味が凝縮されている。だがそんなことを言う気になれなかった。

現実逃避したくてシェリルが瞬けば、鏡に映る自分の痴態が目に飛び込んでくる。

中途半端に脱がされたドレスがいやらしく身体に引っ掛かり、帽子は外され、きちんと身につけているのはアクセサリーと靴だけ。

下着は初めからなかったので、大事な部分は一切隠れていない。全裸よりも恥ずかしい状態で映し出された女は、淫らに頬を染めていた。

のぼせて、息が凝《こご》る。

吐き出した息は、明らかに濡れていた。

拘束具に等しい靴では、立って逃げることは叶わない。それ以前に逃亡の意思は完全に挫かれた。

鏡を通して見つめ合い、ウォルターの手がシェリルの肢体を弄るのを見せつけられる。

シェリルが冷静でいられなくなる弱い場所を躱《かわ》して移動する掌を、もどかしく感じ呼吸が乱れた。

「あの夜扉の狭間から見た君は、まるで彫像のように無表情だった」

「んん……っ」

遠回しに、同じようにしろと命じられているのだろうか。靄がかかる頭では考えが纏まらない。

シェリルがくぐもった声を漏らすと、彼に顎を掬《すく》われた。

首だけ振り返った不自由な体勢で、キスを交わす。初めから舌を絡ませる淫猥な口づけで、密やかな水音が部屋に響いた。

両手を戒めていた腕輪を一旦外され、その間にドレスを脱がされれば、この上なくいやらしい姿を晒さねばならなくなる。

それも鏡と対面したまま。余すところなく自分が今どんな格好でどんな顔をしているのかを暴かれた。

「あ……駄目……せめて明かりを……っ」

「断る。昔も明かりはつけっぱなしだったじゃないか」

乳房を鷲掴《わしづか》みにされ、形を変えられる。見る見るうちに頂が尖り色付くのを、逐一見せつけられた。

「や……っ」

「シェリルは胸が弱い」

先端を二本の指で扱《しご》かれて、つい膝を擂《す》り寄せずにはいられない。卑猥な快感から逃れようにも、背中で戒められた腕と高過ぎるヒールに阻まれてどうにもならなかった。

せめてふしだらな光景から目を背けようとすれば、顎を支えられて鏡を直視させられる。シェリルの後ろに立つウォルターは低く笑いながら「目を逸らすな」と囁いた。

「ちゃんと見て。僕に何をされているのか、一瞬も見逃さずに」

蠱惑的《こわくてき》な命令は、まるで劇薬だ。一滴でも摂取すれば害を及ぼす。それが分かっていても、飲み干さずにはいられない。

シェリルが揺れ惑う視線を鏡に映る自分へ据えると、彼は陶然《とうぜん》とした笑みを浮かべた。

「それでいい。これからシェリルに触れられるのは、僕だけだ」

褒められた錯覚でクラクラした。彼の中にあるのが憎しみからくる執着心でも構わない。自分へ向けられるウォルターの笑顔が嬉しくて、ついもっと従いたくなる。どんな無茶でも。無理難題でも。こんな気持ちになったのは、初めてだった。

「脚を開いて。きちんと見えるように」

淫蕩な指示に逆らう発想もなく、シェリルはゆっくり膝を左右に広げた。花弁は既にしっとりと湿り気を帯びている。

みっともない自分の姿に呼吸が忙しくなり、体温はますます上がって、全身が赤く染まった。当然、秘裂も。赤く色付きいやらしい。

脚の付け根へ彼の指が滑り込み、泥濘を摩《さす》られた。

「あ……っ」

背を丸めたくても顎に手を添えられたままでは叶わない。椅子に浅く腰掛けていたことを後悔しても手遅れ。

難なく陰唇を探られ、ウォルターの指が内側を犯した。

「つく、ぁ……」

浅瀬を出入りするばかりで奥まで埋められないのが物足りない。つい自ら求めそうになってしまう。シェリルはなけなしの理性を総動員して、腰を前へ突き出したくなるのを懸命に堪えた。

「は……ん、ぅ……っ」

秘豆を転がされ摘まれると、声を堪えるのはどんどん難しくなった。それよりも淫らに身体をくねらせないよう、自身を律するのが精一杯。

涙目で歯を食いしばり、動くまいと己に言い聞かせる。それでも内壁を擦られ続けると、喜悦は蓄積してゆく一方だった。

「んん……ッ」

淫窟内で指を曲げられ、二本をバラバラに動かされると、空気を含んだ卑猥な水音が掻き鳴らされる。耳からも辱められている気分になり、汗ばむ肌がより火照った。

もう座った姿勢を維持するのも困難で、次第に尻が座面の前へ移動する。半ば仰け反る体勢でシェリルは背もたれに上半身を預けていた。

「脚が閉じてきている。ちゃんと開かないと」

内腿をなぞる手付きは優しくても、言っていることは容赦がない。半ば強引に膝を割られ、濡れそぼった蜜口が鏡に映し出された。

「や……っ」

赤く熟れ、テラテラ濡れ光る媚肉から目を離せない。見たくはないのに、視線が強制的に吸い寄せられる。さも美味そうにウォルターの指をしゃぶり、涎《よだれ》を垂らしていた。

淫欲が剝き出しで、実に淫靡で見るに堪えない。

シェリルは、自分でも見知らぬ己の発情した顔に驚愕していた。

潤んだ瞳は明らかに興奮している。赤らんだ頬は期待が滲み、蕩けた唇はだらしなかった。

大きく上下する肩と胸も、粟立つ肌も、快楽を享受している。人形と呼ばれた女の姿はどこにもない。

一所懸命快感に溺れる女は浅ましく、ひどく退廃的だった。

「あ、あんッ」

蜜路を掻き回され、花蕾を捏ねられると、一気に愉悦が大きくなる。床についていたシェリルの足が強張り爪先へ圧が加わるのは、更に尻が前へ滑ったから。自ら咥《くわ》え込んでいると言われても否定できないくらい、彼の指を深く呑み込んでいった。

悦楽が大きくて、虜になる。恥ずかしさを凌駕《りょうが》する官能に、細かいことは考えるのも億劫になった。どうせ逃げられないと言い訳し、髪を振り乱して艶声を漏らす。

シェリルの内腿が震え、あと少しで達してしまいそう。絶頂の予感に息を吸い、目を閉じた刹那。

「……父上ともこうして楽しんだのか？」

耳朶へ舌を這わせたウォルターが残忍な毒を吐いた。急激に心が冷えるのとは対照的に存分に高められていた身体はもう止まらない。

あえなく高みへ放り出され、最悪な気分のままシェリルは達してしまった。

「……ぁ、あ……」

不随意に収縮する肉筒から彼の指が引き抜かれ、心も身体も虚しさを覚える。筆舌に尽くし難いほど、切ない。憎まれているのを嫌でも思い出さざるを得なかった。

「……父上を思い出した途端に感度が上がるんだな」

それはただの偶然で、シェリルにとっては最低のタイミングだった。だが苛立つウォルターには無関係。

息が乱れて返事ができなかったことも、余計に彼の気分を害したようだった。

「どうやら君は特殊な行為の方が悦ぶみたいだ。父上が『人形扱いされたがっている』とおっしゃっていたのは本当だったんだな」

養父はどこまで自分に都合よく嘘を重ねたのか。息子を騙し、シェリルを貶めて、誰からも批判されることなく自身はまんまと逃げ果《おお》せた。

そんな養父へ蟠《わだかま》りは勿論ある。できることなら、一度くらい思いのたけをぶつけたかった。

しかしそれはもはや永遠に叶わない。何もかもが手遅れだ。ならばシェリルが口にできることもない。

残されたただ一つのこと——父親に対するウォルターの幻想と彼の心を守ること以外、全部が意味をなくしていた。

「……どうぞ、お好きなようになさってください。着せ替えでも人形遊びでも」

無表情を取り繕って、平板な声を出す。

さも何も感じていないと言いたげに。散々喘いだことは棚上げし、悲しむ心を抑えつけた。

——大丈夫。慣れているはずでしょう？

嘘を吐くことも。本心を隠すことも。これまでと同じだ。そう思うのに、引き絞られる胸の痛みでシェリルの仮面は早くも壊れてしまいかねなかった。

「……はっ」

眦《まなじり》を朱に染めた彼が頬を引き攣らせる。らしくもなく舌打ちし、深呼吸を繰り返した。

まるで渦巻く怒りを必死に堪えているよう。それでいてひどく傷ついても見えた。

「――なるほど、分かった。だったら僕もそうしよう。シェリルを人形として扱ってあげる」

椅子に座るシェリルの前へ移動した彼が、悪辣《あくらつ》に微笑む。暗い笑みは見る者の胸を軋ませた。

身悶えたせいで編み上げられていた靴のリボンはすっかり緩んでしまっている。解けかけのそれが引っ張られ、肌を滑る布の感触が得も言われぬ悦楽を呼んだ。

靴を脱がされれば、シェリルが身につけているのはいよいよアクセサリーだけ。首飾りと腕飾り。それはさながら囚人に嵌められる首枷と手枷だった。

「汗で鎖が肌に張り付いている」

「は……っぅ」

胸の谷間を汗が伝い落ちる。だらしなく両脚を投げ出し、閉じることもできない。シェリルはウォルターの苛烈な視線に炙られ、成す術なく睫毛を震わせた。

「もっと作り物らしく平然としていればいいのに。ああそれとも、他人に好き勝手され罵られるのが望みなのか？」

後ろ手に戒められていたシェリルの腕は解放され、抱き上げられた拍子に靴が両方脱げた。歩くために作られていないそれは、ゴトッと重い音を立て床に転がる。

彼は靴にもドレスにも視線をやらず、恭しくシェリルをベッドへ運んだ。

結局、養父が揃えたものは全て置き去りにし、今シェリルの身体を飾るのはウォルターがくれたネックレスのみ。

彼は飾り部分を指先で弄び、感情の読めない瞳を陰らせた。

「派手で奇抜なものが好みなら、こういう面白みがないアクセサリーはあまり趣味ではなかったか」

「違います。宝物だから、大事にしまっておいたのです……！」

そこは誤解されたくなくて、シェリルはつい声を上げた。本音は隠そうと決めた直後にこの体たらく。けれど気にいらなかったとは絶対に思われたくなかった。

彼は毎年シェリルの誕生日に贈り物をしてくれ、それらは全て大切に取ってある。

菓子だった年は、包装紙や容器を綺麗にし、箱に並べて。

もうサイズが小さくなり着られなくなったドレスは、定期的に陰干しして。

楽団を手配してくれた後は、楽譜を取り寄せ、自分で同じ曲を演奏できるようになった。

全ては愛しい思い出を色褪せさせないために。

その中でも十三歳の年に贈られたネックレスは、大人扱いしてもらえたようで特別だった。

年相応の甘い菓子や可愛い服だって、決して悪くない。心の底から嬉しかった。

だがほんの少し背伸びしたい背中を押してもらえたような、淑女として認めてもらえたような、そういう喜びが大きかったのだ。

養父からは華奢な体型を維持し、いつまでも少女らしくいるよう求められていた時期だから尚更。

言葉にできない励ましを受けた気になれた。ウォルターの首飾りが暗黒の時を乗り越える一助になったのは間違いない。

シェリルには、命に代えても惜しくない宝物だ。

真摯なこちらの思いが通じたのか、彼は虚を突かれた顔をしてネックレスから手を放した。ほんの少し瞳が揺れている。

惑う素振りは、シェリルの言葉をどう受け止めるか迷っているように見えた。

「――そうか」

返された一言からは、ウォルターの心情は窺えない。何を思っているのか、どう受け止めたのか。全ては計り知れなかった。

代わりに重ねられた唇も雄弁とは言い難く、沈黙を埋めるために舌を絡ませ合う。水音を立て粘膜を擦り合わせ、シェリルは言えない言葉をごまかした。

――私は今、ウォルター様に抱かれている。それだけが事実。

汗ばむ肌を大きな掌が辿ってゆく。下腹を通過し、内腿を摩られた。そのまま片脚を持ち上げられ、陰部に風の流れを感じる。

びしょ濡れの肉のあわいを彼の指で開かれ、蜜液がトロリと溢れた。

「ん……ッ」

「ああ、もったいない」

垂れた滴を人差し指で掬い取ったウォルターが、濡れた指先をそのまま自身の口へ運んだので愕然とした。

直接舐められたこともあるが、それとは別物の気恥ずかしさがある。

味わうように舐め取られる透明の滴は、全てシェリルの身体から溢れたものだ。喜悦を覚えたからこそ滴った愛蜜。

それを視線を絡ませたまま丹念に舐められると、体内のざわめきが一気に膨れた。

赤い舌をひらめかせるのは、明らかにこちらへ見せつけようとしている行為だ。嫣然《えんぜん》と微笑まれると、シェリルの頬が火傷しそうな熱を帯びた。

「駄目……っ」

「僕の所有物が、主に逆らうのか？」

どこまで本気か分からない物言いをした彼に突然引き起こされ、シェリルはウォルターと向かい合って座る体勢にされた。

しかも下ろされたのは、彼の脚の上。跨った状態に驚いて腰を浮かせかけると、強い力で引き留められた。

「勝手に動いては駄目だ」

強い眼差しに制され、太腿から力を抜かざるを得ない。少し視線を下げるとウォルターのスラックスを押し上げる昂りが視界に入り、シェリルは慌てて顔を逸らした。

素肌を晒した自分に対し、今だに彼は服を纏ったまま。

その対比が殊更恥ずかしい。こちらばかりが乱され、翻弄されている。けれどウォルターも興奮しているのだと思うと、不可思議な充足感があった。

「シェリルは何もしなくていい。ただし、僕を拒むな」

彼が前を寛げた瞬間、雄々しい肉槍が飛び出した。

思わず直視してしまった大きさと凶悪さに、シェリルは慄く。だが恐怖や嫌悪ではなく、純粋に驚いただけだ。

その証拠に、体内がより潤むのが自分でも分かった。

喉が渇いて心音が荒ぶる。無意識に唾を呑み込んだことを、ウォルターには気づかれたくなかった。

膝立ちに導かれ、されるがまま位置を調整される。蜜口には彼の楔が何度も触れた。その度に、このまま腰を下ろしてしまいたい欲望が膨らみ、同時に逃げたくもなる。

見つめ合い、二人一緒に滾った息を吐いて相手の出方を窺う。

剛直の先端が花弁を割ると、その後はなし崩しにシェリルの身体から力が抜けた。

「あ……あッ」

ずぶずぶと肉杭が淫道を支配する。全て呑み込むのに、かかった時間は僅か。完全にウォルターの上へ座り込み、シェリルは嬌声と息を吐き出した。

「あ、あ……深い……っ」

内臓を押し上げられている気がする。先ほど見たあんなに大きなものが全部自分の中にある事実が信じられない。

だが肉襞から伝わる感触は生々しく、彼の形がまざまざと感じ取れた。

「ひ、ぅ」

小さな振動も結合部に響き、息を吐くのも慎重になる。打ち震える背を撫で下ろされると、それさえ官能の糧になった。

「敏感だな。気持ちいい？」

「ひゃ……っ」

軽く揺らされ、快感が爆ぜる。

最奥へ突き刺さった肉杭が容赦なくシェリルの弱点を抉り、しかもウォルターの繁みに花芯が擦られ、まともに喋れるわけがない。

だらしなく喘いだシェリルは、無我夢中で彼の背に縋りついた。

「いい……っ」

ふしだらに腰を使わずにいられない。何も考えられず本能に従った。

欲望に流されていれば、思うまま振る舞っても許される。心の中だけで、シェリルは『人形』でも『愛人』でもなく愛しい人の胸にいるのだと夢を見た。

「シェリル……っ」

強く抱きしめられた背がしなる。すると重心が変化して、内部の擦られる場所が変わった。ビリビリ響く快感に肢体を弾ませ、汗が放物線を描いて飛んでゆく。

淫蕩な咀嚼音《そしゃくおん》が大きくなり、逼迫感《ひっぱくかん》が押し寄せた。

「あ……ぁ、あぁッ……もう……っ」

「好きなだけイケばいい」

許可が出たことで、恍惚が増幅する。シェリルの内側がぎゅうっと窄《せば》まり、ウォルターの昂りを締め付けた。

爛《ただ》れた肉壁が彼を咀嚼する。跳ねた身体が落ちる動きに合わせ、下から鋭く突き上げられた。

「あ……ぁあああッ」

はしたない声を上げ、シェリルは四肢を引き攣らせ思い切り達した。

◇◇◇◇◇

シーツを汚す血を確認した時、息が止まるかと思った。

非道な真似をしたのは自分でも分かっている。脅迫し、ろくに考える時間も与えず、無理やり奪ったのだから。

ウォルターは、ベッドに横たわるシェリルを前に愕然としていた。

彼女は白い裸体を晒し、ぐったりと身を投げ出している。さぞや疲れ果てているのだろう。その原因は全て、ウォルターにある。

怒りと焦燥に任せ、とんでもないことをしでかした。

とてつもなく罪深い。決して許されざる愚行だ。妹に手を出す兄など、およそ人間の所業ではなかった。糾弾されてしかるべき。

そう頭では分かっている。

だが後悔よりも、シェリルの香りや感触、控えめな嬌声が耳に残り、興奮が冷めやらない。下手をするともう一度手を伸ばしてしまいそうな自分を、理性で押し留めるのが今できる全てだった。

——こんなことをするつもりではなかったのに。……いや、だったら何故、僕は悔やんでいないんだ？

本当なら父の埋葬が終わり次第、正当な手続きを経てシェリルの籍をゴールウェイ伯爵家から抜くつもりだった。

約四年前、知りたくなかった秘密に触れた以上、もう彼女と家族でいられる自信はない。父の愛人だったシェリルをこれまで通り妹として見るのは不可能だった。

同じ屋敷で暮らすことも、今後『お兄様』と呼ばれることも耐え難い。素知らぬ顔で何もなかった振りを演じられるほど、ウォルターは器用にも卑怯にもなれなかった。

だからこそ、他人になろうと決めたのだ。

悪夢が始まった四年前。寄宿学校の卒業を控えたウォルターは久し振りの帰省をしていた。

友人たちと過ごす学び舎も楽しかったが、やはり生まれ育った実家は別格。

父は立派になったと言ってくれ『今年も主席を守った』と告げれば、涙ぐんで褒めてくれた。

しばらく会わないうちにシェリルが随分大人になっていたことに驚かされ、やや愁《うれ》いを帯びた横顔に奇妙な思いを抱いたのを覚えている。

そんなどこか疚しい感情を振り払いたくて、殊更いつも通りに振る舞った。

母の墓前に花を手向け、主のいない部屋で少ない記憶を反芻《はんすう》し。

正直、母はあまり子煩悩とは言い難く、特別可愛がられた思い出はない。しかし貴族の親子関係とはそんなものだろう。

ウォルターが格別に不幸だったわけではなく、少しばかり母との別れが早かっただけだ。彼女が長生きしてくれれば、その分いい思い出も築けたに違いない。その点だけが惜しく感じられた。

とは言え、母を恋しく思う気持ちは当然ある。だからこそ幾つになっても、懐かしむ真似はやめられなかった。

あの年も、ウォルターは母の部屋で新しく増えた贈り物を整理するつもりだった。もう何も贈らなくていいと断っても、毎年命日には沢山の品々が各所から届けられる。

これまでは家令のヒューバートがそれらを管理してくれていたのだが、昨年からはシェリルが自らやると申し出てくれたと聞き驚いた。

そして母の私室に足を踏み入れれば、その言葉通りの光景が広がっていた。

考え抜かれた配置と、丁寧な陳列には、彼女の気遣いが感じられる。例年ならばひとまず並べられているだけだったものが、母を楽しませるために飾られているようだった。

たとえば繊細な絵が描かれた壺は裏側も堪能できるよう、鏡の前に。硝子《がらす》の飾りは、日の光を存分に浴びて煌めく場所へ。逆に日焼けの心配があるものは、直射日光を浴びない位置へ。

それら全てが、母の肖像画から見渡せるよう置かれていた。それでいて室内の調度品と調和し、雰囲気を壊していない。

配慮してくれたのだと、言葉にするまでもなく伝わってきた。シェリルの優しさと賢さも。

普段なら物寂しさを味わう母の部屋が、急に温かな空間へ変わった気がした。

心臓が高鳴るのは、純粋に嬉しかったから。そう自身に言い聞かせ、ウォルターはシェリルに『ありがとう』と告げた。すると彼女は『私もお母様にして差し上げられることがあって、嬉しいです』と微笑んだ。

晴れやかに。甘く。純真な笑顔がウォルターを動揺させたとは、シェリルは考えもしないだろう。絶対に知られたくないと咄嗟に思ったことも。

『お礼なんていりません。これまでハンナに任せきりにしていた私が間違いでした。お会いしたことはなくても、私にとってお母様のことですもの。娘の私がすべきことです』

『今まではハンナがしてくれていたのか』

『はい。ヒューバートの指示で、毎年入れ替えてくれていたそうです。ですがただ並べればいいとも思えませんし、具体的な指示がないとハンナも困ってしまいますよね。私もお母様の好みを知るため人づてにお人柄を伺ったり、持ち物を拝見させていただいたりして考えました』

言われて初めて、ウォルターは単純に丸ごと今年の贈り物に入れ替えられているのではないと気づいた。

よく見れば、何年も前の品も並んでいる。母が存命中、大層気に入っていた彫刻家の作品だ。シェリルはおそらく、母の趣味に合わせて残すものを吟味したのではないか。

そういう点がこれまでとは違う。他にも貴重な花はわざわざドライフラワーに加工されていた。それも、生前母が好んだ花だ。

――母上の好みなら、レディーズメイドだったハンナの方がきっと詳しい。でもシェリルの言う通り、使用人の立場では勝手な判断は難しかったに決まっている。ヒューバートに命じられ、ひとまず新しいものを片っ端から並べることしかできなくても不思議じゃない。

むしろそれが自然だ。

メイドが勝手な意見を反映させるのは求められていない。深読みし過ぎかもしれないが、シェリルはハンナに対しても心を砕いたのではないかと思えた。

――いつの間にこんなに大人になったんだ……

会ったこともない母へ尽くし、下の者への配慮も忘れない。非の打ち所がない淑女だ。美しさは外見だけでなく、シェリルの内面からも光り輝いていた。思わず、見惚れるほど。

ウォルターは目を逸らせないでいる自分自身が信じられなかった。

『そこまで母上のためにしてくれるなんて……』

『私は実母の顔も知りません。ですからせめて縁あって縁組したゴールウェイ伯爵夫人に何かしたかったのです。それに——私にとって世界一大事なお兄様を産んでくださった、特別な方ですもの』

心臓がおかしな鼓動を刻む。無意識に胸を押さえ、ウォルターはもう一度『ありがとう』と告げるのが精一杯だった。

これは妹が兄を慕っているだけ。それ以上でも以下でもない。他の意味を見出そうとする方がおかしいのだと、誰に対してでもなく捲し立てた。

抱いてはいけない想いがぞろりと首を擡《もた》げる。今のうちに掻き消しておかなくては、取り返しがつかない。そんな思いで、ウォルターは茶化すように『シェリルはまだ雷が怖いのか？』と強引に話題を変えた。

彼女は頬を染め、『昔よりは平気になりました。子ども扱いしないでください』と拗《す》ねた表情で横を向いた。

『僕の妹はいつまでも可愛いくて幼いな』

そう。シェリルはまだ子どもだ。天候ごときで怯える面を持っている。

馬鹿げた自分の感情に蓋をして、彼女を揶揄《からか》い『妹』を強調した。そうせずにはいられない。

これまで通り、幸せで平凡な家族でいるため、ウォルターはどこか懸命に例年通りの帰省を楽しんだ。――あの夜までは。

眠りが浅く、外の空気を吸って気分転換しようなどと考えなければ、あんな悲劇を目撃せずに済んだのか。

しかし現実は変わらず、『自分が知らなかった』だけで世界はとっくに歪み壊れていた。仮にあの夜、いつも通り平和な夢を見ていたとしても――地獄はすぐ隣に口を開けていたのだ。

今思い返しても正解は分からない。そんなものは最初からなく、ウォルターが信じていた全部が幻でしかなかったのかもしれなかった。

ずっと続くと思っていた平穏も。強い絆で結ばれた家族も。

幼い頃に母が亡くなり、父は再婚もせず一人で自分を懸命に育ててくれた。厳しいけれど優しくて、慈善活動に積極的な尊敬できる人柄だったと断言できる。

だからそんな父が突然見知らぬ娘を連れてきても、すぐに『妹』として受け入れられた。

初めて顔を合わせた少女は小さく、八歳という実年齢よりも幼く見え、自然と『守ってやらねば』と思えたのだ。

当初は随分引っ込み思案で、俯いてばかりの少女だった。綺麗な顔立ちを曇らせ、委縮した姿は庇護《ひご》欲をそそる。

ウォルターは自分だってまだ十一歳の少年だったのに、いっぱしに大人ぶって頼り甲斐のある兄になろうと決めた。

戸惑いつつ『お兄様』と呼ばれた時には、どれだけ舞い上がったことか。

寂しげで聡明な目をした少女を笑顔にしてあげたいと心から願い、寄宿学校へ入学するその日まで、シェリルとの時間を重ねた。

思い返せば、当時が人生で一番幸せな時だったのかもしれない。

父を敬愛し、妹を可愛がり、未来への展望と期待に満ち溢れていた。

無事名門の学校へ入学し、この先ずっと安定した煌めく人生が待っていると信じて疑わなかったのは、今振り返ると愚かとしか言えない。

じりじりと破綻の時は迫っていたのに、まるで気づきもしなかった。いや、光の後ろには影があるのを考えもしなかったと言い換えてもいい。

愛らしい妹は、再会する毎に花開いた。

蕾はたちまち綻んで、慎ましい可憐な花は、いつしか匂い立つ大輪の花弁を広げていた。

年々目を離せない美しさを備え、聡明な大人の女性へ変わってゆく。

そのことに、全く無頓着だったとは言わない。

だが敢えて深く考えようとは思わなかった。

理由はたった一つ。シェリルが妹だからだ。

兄であるウォルターが抱いていいのは、家族の成長を喜ぶことだけ。そこに欠片でも邪《よこしま》な感情が入り込んではならない。ちらりと過《よぎ》ることすら罪深い想いは、人知れぬ間に封印しなくてはならなかった。

何よりも大事な『家族』を守るために。

けれど長期休みの度に本心を騙し続けることが辛くなり、帰省は段々間遠になっていた。だが、それでも『兄妹』として上手く距離は測れていた——在学中、最後の休暇でシェリルと顔を合わせるまでは。

伯爵邸に戻るなり出迎えてくれた彼女と会い、ウォルターが最初に抱いたのは激しい後悔。やはり今年は帰るべきではなかったと心の底から悔やみ、できることなら回れ右して学び舎へ飛んで帰りたかった。

それほど、もうシェリルを『妹』だと見られなくなっていたのだ。

再会を喜んで頬を赤らめ、潤んだ瞳で駆け寄ってきた彼女は、あまりにも美しかった。しかも精神的な成熟が眩しく、ともすればシェリルがまだ社交界デビューすらしていない年齢なのを忘れてしまう。

愛らしかった『妹』は、しばらく離れている間にすっかり大人の女性へ変わりつつあった。

手紙のやり取りで近況は知っていたけれど、文面からは伝わらなかった変化に動揺を隠すのが精一杯。

あどけなさを残しつつも匂い立つ変貌を遂げたシェリルを、とても直視できなかった。掻き集めた理性で『理想の兄』を演じ、内心『これ以上近づかないでくれ』と叫びそうだったのは、墓場まで持ってゆく秘密だ。

純粋に兄を慕ってくれる妹に対し、自分は何て薄汚い。罪悪感と自己嫌悪で、あの日何を話したか正直覚えていなかった。

だからこそ、深夜になっても眠気は訪れず、愚かな選択をしてしまったのだ。

深く考えもせず父の部屋の扉を開き、目撃した光景は地獄の宴そのものだった。

下着同然の卑猥な衣装を纏ったシェリルと父がベッドの上で抱き合い、まるで恋人同士であるかのように睦み合っていたのだから。

初めは、己が目にしたものが理解できなかった。正確には、したくなかった。

昼間、明るく微笑んでくれたシェリルは、凍り付いた無表情。瞳は茫洋とし、死者か人形の如く無反応でされるがまま。抵抗する様子は微塵もなく、黙って何もかも受け入れていた。

もしこの時、少しでも彼女が嫌がる素振りをしていたのなら、ウォルターは迷うことなく室内に踏み込み、父親を殴り飛ばしていたかもしれない。

だが繰り広げられた痴態は、力づくとは思えなかった。少なくとも、ウォルターの目にはそう映った。

そしてシェリルに伸し掛かった父もまた、これまでウォルターが見たことがない無様な興奮を露わにしていた。

よく知っているつもりの父と妹の、全く知らない一面。それもあまりにも衝撃的な。

ウォルターが身動きできず呆然としていると、父がこちらへ視線を向けた。

いつから息子が覗いていることに気づいていたのか。いや、そんなことは問題ではない。

父の双眸にあったのは、狼狽とその奥にある優越感。

ウォルターの勘違いでないのなら、後者が父の顔を歪ませた。言葉より雄弁に、父の瞳が『シェリルは私のものだ』と語っていたなんて、どうか思い違いであってほしい。

完全に自失していたのは、ほんの数分だと思う。

我に返れば、ウォルターは父に促され別室で諭されていた。

『あの子の願いなんだ。可哀相な身の上の子だからね……愛情がどういうものかまだよく分かっていないらしい。不安定なシェリルを慰めるには、こうする以外なかったんだよ。私の息子なら、理解してくれるだろう？』

聞き入れられるはずもなく、反発した。だとしても間違っていると。他にいくらだって方法はある。

人様に誇れない行為では、シェリルを本当の意味で救えない。可哀相だと言うのなら、それこそ根本的にやり方を変えるべきだと。

正論を吐きつつ、あんなにも怒りが湧いた理由を突き詰めて考えたくはない。それに気づいてしまえば、自分も道を踏み外す予感があった。

だからこそウォルターはあの夜、父の言葉に引き下がらざるを得なかったのだ。

一切合切を白日の下へ晒す勇気がなく『シェリルが望んでいる』という言葉に惑わされ、真相を突き詰める気力をなくした。

父が自分を謀《はか》るはずがない。ならば本当に彼女が父を誘惑し倒錯的な世界へ誘ったのだろう。純真無垢な振りをして、とんでもない毒婦だ。そう無理やり結論付けて。

だが万が一、何かを見誤っていたとしたら？

尊敬していた父を疑うのは耐えられない。同じくらい、シェリルがウォルターの与り知らぬところでふしだらな女に成り果てていたのも受け入れられなかった。

どちらにしても、地獄の様相。進む先には断崖絶壁だけがある。

それ故認められないし、向き合いたくもない。

端的に言えば、その場を逃げ出し背を向けることでしか、ウォルターは己の精神を保てなかった。

何もかも断ち切って。それから一度もゴールウェイ伯爵邸には足を向けず、連絡もこちらからは決して取らなかった。必要最低限だけ。

特にシェリルからの手紙には返事をするのをやめた。読むことすらできず、さりとて処分もできずに開封しないまま何通溜まっていることだろう。

彼女の綴る柔らかな文字と微かに香る専用の芳香が、親愛と嫌悪を駆り立て、幾度も燃やしてしまおうと思った。けれど、できなかった。

降り積もる封筒が、次第に置き場とウォルターの心を占有してゆく。視界に入らない場所へ押し込めても、常に気にかかっていたのは否めなかった。

何年も返信もしていないのに折に触れて届く便りは、煩わしい。あんな爛れた関係を父と築いておいてどれだけ厚顔無恥なのだと呆れた。

にも拘わらず、いざ手紙が途絶えれば、別の怒りに支配されたのだから、己の身勝手さに笑ってしまう。

何故連絡を寄越さないのか、自分には完全に興味を失ったのか、父と楽しく暮らせれば満足なのか――嫉妬でおかしくなりそうだったのだ。

嫉妬――そう。認めたくない感情の名前は、口にするのも悍ましい。

そんなもの、兄妹の間には不要な感情だ。生まれるはずのない、生まれてはいけない思いにウォルターはのたうち回って苦しんだ。

父との交流も最低限に抑え、四年間。

まだまだ壮健だと思っていた父親が突然心臓の病で倒れた。流石に実父が死に瀕していれば、無視はできない。

しかし治療する間もなく父は帰らぬ人となった。驚くほどあっけなく。ウォルターには抱えきれない問題を丸投げにする形で。

シェリルと可能な限り顔を合わせないのを大前提に、葬儀や埋葬の手配をしたのは薄情だろうか。だが顔を突き合わせて相談する気には、到底なれなかった。

もう、普通の家族には戻れない。彼女を妹と見て、平気な顔で暮らすのは不可能だ。言葉は交わさず、目を合わせることもしたくない。もし視線が絡んでしまったら、ウォルターは冷静でいられる保証がなかった。

選べる道はただ一つ。シェリルをゴールウェイ伯爵家の籍から外し、他人に戻る。

その結論を事務的に彼女へ告げ、何もかも終わりにする。以降、二度と関わらない。

そうすることで己の安寧を守り、忌まわしい秘密を『なかったこと』にする。

卑怯であっても、その選択肢だけがシェリルを罵らず、父を貶めずに済む唯一の方法だと信じた。

全て根こそぎ無に還す。初めから、何もなかった。

醜悪な現実と向き合うことなく、埋め立ててしまえばいい。これ以上彼女を憎みたくないから。

シェリルを前にすると、甘苦しい心情に侵される。

かつてのように可愛がり大事にしたいのに、同等の憎悪が立ち昇る。それだけでなく、あの夜目にした妖しい姿がちらついて、醜い欲望を抱く自分が恐ろしかった。

ぐちゃぐちゃになった思いが一つも整理できない。

持て余し、更に濁ってゆく。

純粋だったはずの思い出まで穢された気がして、聞き分けのないシェリルに苛立ちをぶつけた。『何でもする』と言ったのは、彼女の方だ。どんな形でもいいから屋敷に置いてくれというのは、要約すれば愛人関係でも構わないということに決まっていた。

慈悲を垂れてくれなんて、まさしくそれだ。

しかも直前に、幼い時と同じように雷を怖がる素振りを見せるとは、あざといにもほどがある。まんまと騙された。

――いや、それもただの言い訳だ。

どれだけ綺麗ごとを並べ立て、言葉を尽くしても、結局自分は欲に負け過ちを犯した。

事実はそれだけ。

越えてはいけない一線を踏み荒らし、禁断の果実に手を伸ばした。

シェリルが父にも同じように誘惑を施したのかと思うと、冷静さを保てない。

その結果がこれだった。

ウォルターの卑劣な浅ましさを具現化し、シェリルがぐったりと横たわっている。

シーツを染める鮮血は、彼女の脚の付け根からこぼれたものだ。

初めて男を受け入れた女性は、出血することが多いと聞く。勿論、この年になればウォルターだって知っている。

しかしシェリルは父の愛人だったはず。純潔のはずはない。

彼女が苦痛の色を浮かべていたのは、望まぬ男に身体を拓かれたからだと思っていた。だがあれはまさか、本当に破瓜《はか》の痛みに怯《ひる》んでいたのか。

――いや、馬鹿な。そんなわけがない。

シェリルが淫らな戯れに興じていた姿を見たのは、他ならぬウォルター自身だ。あの時から少なくとも四年以上父と関係を持っていたとすれば、彼女が生娘である可能性は皆無だった。

何をどう言い繕っても、あの行為が普通の親子の遊びであるわけがない。室内に漂っていたのは、淫猥な空気だった。

――そうだ。あり得ない。だったらこの血は、僕が傷を負わせてしまった……？

力づくで貫いたつもりはないが、性急だったと言われたら反論の余地はなかった。目の前に饗された御馳走に、理性を失っていたのは否めない。急く思いをぶつけ、怪我を負わせてしまったとしたら――自分の非道さにゾッとした。

よもやここまで自身が最低な男だったとは。救いようがない。

一人で腹を立て、嫉妬し、暴走した挙句、シェリルに手を出した。

かつて彼女が愛情に飢えているとしても、もっと他にやりようがあると父を非難した、今より清廉で潔癖だったウォルターはもはやどこにもいない。

シェリルの不安定な歪《いびつ》さに便乗し、搾取した卑怯な男がいるだけだった。

――本当に醜いのは僕だ。

今夜のことこそ闇に葬るべき。

保身のためではなく、シェリルの今後のために兄と肌を重ねた事実は消してしまわなくてはならなかった。せめてもの償いのため彼女の望みを叶えて。

そんなことを頭の片隅で考える。

けれどもう一つ囁く声がウォルターの中で響いた。『彼女が望んだことなのに？』と。

それはウォルター自身の声。だが父の声にも不思議と似ていた。唆《そそのか》す声音はひどく甘い。

冷静さを装って、心の脆《もろ》い部分に忍び寄る。

しまいには背後から黒々とした靄に覆われる錯覚に陥った。霧に似たものは次第に集まり、一つの形を成す。集結したものは、ウォルターとまるで同じ姿をしていた。

幻覚だ。馬鹿げた妄想なのは分かっている。

情緒が不安定になるあまり、現実逃避しているだけ。だとしても目を逸らせなかった。

『別にいいじゃないか。シェリルは今の生活を捨てずに済むし、心の安定もはかれる。歪だろうが何だろうが、彼女が求めているものを与えて何が悪い？　どうせ彼女は相手が父上でなくても、気にしない。贅沢な生活が送れて、欲求を満たせるなら』

陰鬱な表情の男は、残酷なことを述べる。聞きたくもない話は、耳を塞いで拒んでしまえばいい。

だがいくらそうしても、己の声が今度はウォルターの頭に直接囁いた。

『仮に僕がシェリルを追い出せば、きっと彼女は別の誰かに寄生する。金があって特殊な欲望を満たしてくれる男の愛人に収まるだけだ』

せせら笑う声は、ひび割れていた。壊れた楽器のようで、聞いていると不快になる。

ウォルターは強く目を閉じ頭を振った。

——やめろ。全部、僕の独り善がりな妄想だ。

『だったら、僕がシェリルを捕まえてはいけない理由があるか？　捕らえて罰すればいい。父上を篭絡《ろうらく》し堕落させた罪を償わせろ』

ハッとして瞼を押し上げてしまったのは間違いだった。

至近距離で自分と同じ顔をした昏い瞳の男と目が合う。辛うじて残る正気が『詭弁《きべん》だ』と告げたが、すぐに力なく消えていった。

『爵位を継げば、父上の残したものは全部僕のものになる。勿論——シェリルも』

——違う。僕は父上と同じではない。

『どこが違う？　していることは全く同じだ。結局僕は、シェリルを所有したいんだよ』

グラグラと心も身体も揺れている。

駄目押しになったのは、執着心が具現化した自分自身の言葉だった。

『人形としてでも愛人としてでも、手に入れてしまえばいい。――他の誰かに奪われる前に』

疲れ果てて眠ってしまったシェリルへ手を伸ばす。

温もりも質感も、彼女が生きている人間なのを伝えてくる。だが投げ出された四肢や完全に虚脱した身体は作り物めいた美しさがあり、背徳感を刺激された。

ウォルターが押し殺していた欲求が、ゾロリと蠢く。

絶対に解放してはいけないもの。未来永劫隠し続けるつもりだった願望。数えきれない回数目を逸らし、気のせいだと言い聞かせた想い。

それが『檻から出せ』と咆哮《ほうこう》を上げた。

◇◇◇◇◇

人の人生は、ある日突然大きく変わってしまうことがある。

僅か十九年しか生きていないシェリルだが、それは嫌というほど理解していた。今もまた、その転機の時なのだろう。

けれど今回は、濁流の中で今まさに溺れている気分だった。

「……髪の手入れは、ハンナがしてくれます。私一人でも梳かすくらいできますし」

シェリルはドレッサーの前に座り、背後に立つ男へ声をかけた。

鏡越しに彼を見る勇気はない。だがウォルターの手にはブラシが握られ、先ほどから丹念にシェリルの髪を梳いているのは分かっていた。

「僕が好きでしていることだ。何か文句でも？　そんなことより、やはり淡い水色のドレスの方がよかったか？」

「……あれは色が明るすぎて、お父様が亡くなったばかりの装いに相応しくありません」

髪を整えるどころか、着替えまで手伝われたのを思い出し、シェリルは秘かに赤面した。

二人の関係が激変した日から、彼はこうしてシェリルの世話を焼く。ウォルター曰く『人形扱い』とのことだが、養父だってここまでではなかった。

――お父様も私に色々な格好をさせたけれど、こうして日常的な身の回りのことには手を出さなかったわ。

養父の『世話』は、あくまでも自身の欲を満たす遊びの一環だった。故に普段の生活には興味がなかったのだろう。

しかしウォルターは最近あれこれと手も口も出してくる。傍から見れば、幼子に対する過保護な保護者のようだった。

——使用人たちも戸惑っているわよね……

急な当主交代による諸々の手続きや処理で忙しくはあるものの、邸内は平穏が戻りつつある。

養父の急死で使用人らは浮き足立っていたが、ウォルターが若輩ながら優秀な後継者であるのが伝わったらしく、皆落ち着きを取り戻していた。

むしろ以前よりも働きやすくなったという声まで聞こえてくる。

またウォルターの後ろ盾になると言っていた親族らは、どうにか甘い汁を吸おうとしばらく煩かったが、付け入る隙がないと悟り、今では諦め去っていた。

つまりシェリルはこれまでになく静かな生活を送れている。唯一、ウォルターとの危うい関係を抜きにすれば。

シェリル専属のメイドだったハンナは外され、今は客間で接客を担うパーラーメイドに配属されているらしい。その結果、日々の世話はもっぱら彼が担っていた。

着替えは勿論、肌の手入れや入浴まで。一人でできると告げても、軽く躱されてしまう。

今のところ使用人たちは、シェリルがメイドを遠ざけられウォルターに冷遇されていると噂しているそうだが、いずれ疑問を持つのではないか。

自力で大抵のことはこなせるシェリルでも、複雑な編み込みなどの髪形は整えられない。着付けるのに苦労するドレスも同様だ。

難なく仕上げてしまうウォルターが器用なのは勿論なのだが、そのうち『誰が手伝っているのか』不思議に思わないわけがなかった。

——元からこの家で私の立ち位置は微妙だったけれど、この先どう思われるか、考えると不安になる。

しかし思い悩んでも仕方がない。どう転んだところで、シェリルにはどうしようもないことだ。それに一番の目的である養護施設への支援を継続してもらえるなら、文句が言えた義理ではなかった。

シェリルは嘆息《たんそく》とも安堵ともつかない息を吐く。

今月も無事に寄付があったと施設の責任者から感謝の手紙が届き、安心したのは本当だ。けれどその裏では、ウォルターとの関係がますます歪んでゆく恐れを持て余していた。

そっと鏡を盗み見て、彼の様子を探る。

名実ともにゴールウェイ伯爵になったウォルターは、以前より更に堂々とし、大人の男性の魅力を身につけていた。

急な爵位継承だったにも拘わらず、養父の葬儀に関する采配から今日まで一つも手抜かりなく、それどころか人々を驚かせるほど完璧に取り仕切っている。

今まで一切関わってこなかった領地経営や家内の財務にも明るく、家令はさぞや肩の荷が下りたことだろう。

順調に当主として歩み出したことで、ウォルターの自信もついたのかもしれない。

今や彼を『若輩者』などと言う者はいなかった。

「……君も一応父上の死を悼んでいるのか」

「……勿論です」

養女とはいえ娘だ。養い親が亡くなれば、最低でも一年は喪に服すのが当然。

しかもただでさえ色々言われがちなシェリルが華やかなドレスを纏えば何を言われることか。

不用意な悪評を招きたくなくて、シェリルは葬儀の日から黒の地味なドレスだけを着ていた。

——元々暗い色味を好んでいたから、苦でも何でもない。

養父が着せ替え用に作らせた派手な服は、どれもシェリルの趣味からほど遠い。だから喪服の方がよほどしっくりくる。

しかしそんなことは勿論言えず、シェリルは俯いてやり過ごした。

質素なドレスの下には、今日もウォルターから贈られたネックレスをつけている。彼の命令は絶対。

装飾品は相応しくないと一度は告げたが『これは外すな』と念を押され、最終的に毎日シェリルに首飾りをつけるのもウォルターの習慣になっていた。

外からは見えないよう、服の下に隠したネックレスはややもすれば存在を忘れそうだ。繊細な作りのため、さほど重さがない。

だがシェリルは『彼からの贈り物』という理由で、いつも意識してしまった。

――ウォルター様には大した意味もないでしょうに。

彼の真意は甚だ謎。おそらくシェリルを苦しめたいだけの可能性が高い。まんまと惑わされている辺り、その目論見は成功していると言えた。

「……今日は午後に人が来る。ヒューバートには伝えてあるから、相手をするように」

「私が、ですか？」

突然思いもしない予定を告げられ、シェリルは瞬いた。

養父が存命だった頃には、来客の出迎えを一緒にしたことがある。ゴールウェイ伯爵家には女主人がおらず、シェリルが代わりを担っていたからだ。

しかしウォルターが戻ってきて以来、そういう役割は求められなくなっていた。

使用人たちの管理や、季節ごとの模様替え、社交などもシェリルの手を離れており、今後は家内のことに関わるなという意味だと思っていたのだが。

「ああ。君のドレスや靴を新調するために呼んだ。別日には宝飾品も持ってきてもらう」

「え……っ？」

あまりにも想定外の返答に、怪訝な声が出た。

しかし彼は当たり前の顔をして、シェリルの髪を結っていく。頭を動かせないせいで振り返れず、戸惑いに視線を揺らすしかない。

時間をたっぷりと使いレースのリボンを結ばれる間、シェリルはやきもきしながらウォルターの続く言葉を待った。

「父上が用意した衣装はどこに依頼して作らせていたのか、君は知らないと言っていたな？」

「は、はい」

「僕も調べてみたが、よく分からなかった。どうやら顧客の匿名性が高い店に頼んでいたらしい。……まぁ、あんなに特殊なものでは趣味を疑われて妙な噂が立ちかねないからな」

まさにその通りだ。その点養父はかなり慎重な性格だったのが、不幸中の幸いだった。けれどどこの話の終着地点が分からず、シェリルは曖昧に頷く。彼が何を言わんとしているのか、不安が擡げた。

「だから口が堅い、別の店に依頼した」

「えぇっ？」

また悪趣味で露出度の高い衣装を作られるのかと身構えずにいられない。反射的に身を強張らせたシェリルは、鏡越しにウォルターを見つめた。

すると彼は、企みが成功したとばかりに口の端を吊り上げる。

「期待したところを済まないが、普段着用だ。暗い色味ばかりでは気が滅入るし、君の白い肌には明るく柔らかな色の方がよく似合う。でもシェリルが言う通り、父上が亡くなったばかりでドレスを新たに購入すれば面倒なことを言う輩も出てくるだろう。だから、内密に呼んだ。どうせ今から注文しても、完成するには時間がかかる。その頃には外野も大人しくなっているんじゃないか」

「あ、ああ……そういうことですか……」

だったら最初からそう告げてくれたらよかったのに。意地の悪い話運びに、すっかり踊らされてしまった。勿論ウォルターは、シェリルを動揺させることが目的だったに決まっている。

顔色を変えたシェリルを見下ろす眼差しは愉悦に満ちていた。

「今日来るのは、普通の洋品店の店主だ。何着か注文するといい」

「……私には今あるもので充分です」

どうして突然彼がこんなことを言い出したのか分からないが、無駄な浪費はしてほしくなかった。服に困ってはいない。確かにシェリルの普段着には地味な色合いが多く、年頃の令嬢としては華やかさに欠けている。しかし不便もない。

積極的に外に出て交流してこなかったため、これといって必要を感じたこともなかった。

その上、着飾るのはもっぱら深夜、養父と二人きりの時に求められたので、嫌な印象が根付いている。

妙な話、シェリルには『派手な格好』が夜の記憶と紐づいていると言っても過言ではなかった。いわば娼婦と同じ。身を飾るのは自分のためではなく、いつも他者のためだった。

「私のものより、ウォルター様の服を新しく作られてはいかがですか？」

遠慮しているのでもなく、シェリルは本心からそう告げたのだが、彼は剣呑な空気を醸し出した。明らかに機嫌を損ねている。それでいてシェリルのうなじをなぞる手付きは、どこまでも繊細だった。

「父上が用意したものは受け取って、僕からのものはいらないと言いたいのか」

「そんな意味では……っ」

飛躍した解釈に唖然とした。

だが自分の態度はそう取られても仕方ないものだったかもしれない。瞬時に反省し、シェリルはウォルターを振り返った。

「申し訳ありません。ウォルター様を不快にさせるつもりはなく、出かける予定もないのでいらないと申し上げたかったのです」

「……判断するのは君じゃない。とにかくもう決めたことだ。間違っても追い返さないように」

「はい……」

これ以上押し問答しても無駄だろう。きっと彼は引かない。シェリルが固辞すればするほど、頑なになる気がした。

ならば大人しく言う通りにするのが得策。ウォルターの真意がますます見えない中、シェリルは小さく顎を引いた。

そんなやり取りが一週間前のこと。

一日中あれやこれやと試着して疲労困憊になり、それから二日後には帽子のデザイナーがやってきて、更に一昨日には宝飾店が店を開けそうな量を持参してきた。

今日は今日とて、新作の靴がずらりと応接室に並べられている。壮観な光景に、シェリルは未だ状況が呑み込めずにいた。

――何故こんなことになったのかしら……

何も買わずに商人たちを帰せば、後からウォルターに何を言われるやら。

やむを得ず、幾つか注文してお茶を濁した次第である。

「次はそちらの品を見せてくれ」

その上今日は、シェリル一人が応対しているのではなく、ウォルターも同席していた。

先ほどからソファーに腰掛けたシェリルの隣に座り、こちらよりも熱心に靴を見ている。

普段着用の言葉に嘘はないらしく、彼が選ぶのはどれも現実的なデザインだった。

ヒールは低く、装飾は控えめ。重量もさほどない。どちらかと言えば、歩きやすそうな品ばかり。

新たに購入を決めたドレスとも合わせやすそうだ。シェリルの趣味に合わせつつ流行を取り入れ、愛らしさも損なっていなかった。

——何だか本当に私のために選んでくださったみたい。

養父の自己満足とはまるで違う。シェリルが戸惑う姿を見たいのかとも思ったが、そういうわけでもないらしい。

何も確執がなければ、心底善意で用意してくれたのかと勘違いしそうになった。

——愛人として連れ歩くのでもないのに、ここまでしてくれる理由は何？　単純にウォルター様の趣味で着飾らせたいようにも見えないから、困惑する。

聞いたら答えてくれるだろうか。

だが期待した答えが返ってこなかったら、傷つく予感がして怖かった。

養父の死以来、想定した未来がどんどん変わって、もう自分がどんな方向へ流されているかまるで分からない。

この先も不透明なまま。何よりも恐ろしいのは——

——いつかウォルター様の気が変わって、私への興味を失ってしまうかもしれないこと。

一度は他人に戻る覚悟もしたが、彼の素肌に触れた今となっては、もはや考えたくもなかった。

人はとても強欲だ。一つ願いが叶えば次を欲する。

以前は秘密さえ守れれば、他家へ嫁ぐことになっても耐えられると信じていた。けれど他の男に抱かれる想像をしただけで、最近シェリルは悲鳴を上げたくなる。

この身をウォルターに許してしまったからこそ、貪欲になってしまった。

——愛人でも人形でもいい。彼の傍にいられるなら——でも私にそう思わせることが、ウォルター様の目的だったとしたら?

優しくしてくれるのも、気遣ってくれるのも、シェリルの心を掻き乱す手段だとしたら。

虜にした挙句捨てるのが彼の最終目標ならば、自分はまんまと術中に嵌《はま》っている。

だとしても引き返せない泥沼に入り込んでいた。既に逃れられないところまで沈み、身動きが取れない。

このまま溺れ死ぬとしても本望だと感じている自分が一番怖かった。

4　惑い

新調したものが完成して届き始め、シェリルのクローゼットは一新された。

と言っても、古いものを処分したのではない。

新たなものを最もいい場所へ置き、取り出しやすくしたのだ。おかげで衣裳部屋は随分と華やかかつ明るくなった。

暗色ばかりだったクローゼットは、今では様々な色が並んでいる。

だが派手な品ではなく、着用してみればどれもしっくりきて、シェリルは驚いていた。

――私が注文した以外のものも沢山ある。どれもこれまでなら選ばなかったデザインだけれど、着てみると悪くないわ……

鏡の前で試着して、くるりと一回転した。ふわりと広がるスカートが胸をときめかせる。

薄い布を幾重にも重ねた仕様は、これまでシェリルが着用してきたドレスとは全く違う愛らしい華やかさだった。

特に仄かな光沢が光の加減でキラキラするのが、シェリルの心を捕らえてやまない。

養父は昼間シェリルに質素で貞淑な装いをさせることを好んだが、あれは夜との差異を楽しんでいたのだと思う。

シェリルはいつしか慎ましやかな格好を己の趣味と思い込んでいたらしい。そちらの方が煽情的なものよりもずっと安心できたために。

——でも、こういう服も嫌いじゃない。幼い頃にウォルター様が誕生日に贈ってくださったドレスも可愛らしかったな……

フリルとリボンが飾られ少女が好むデザインでありながら、上品で綺麗な菫《すみれ》色だった。今でも大事に取ってある。

思い返してみれば、本当はシェリルの趣味はこういうものだったのかもしれない。そんなことを考えると余計に心が乱れた。

この生活に慣れ、手放し難くなっている。いつかは終わることが確実なのに、執着したら辛くなるのが目に見えていた。

——何の保証もない関係は、ウォルター様の気持ち一つですぐに解消されるものなのに。それこそ、今日突然『出ていけ』と告げられても、私は逆らえない。

ウォルターとの淫らな『遊び』は今も続いている。ただし最近は養父が作らせた淫靡な道具は用いられなくなった。

人形ごっこをやめたという意味ではない。

新たに使うのは、彼が用意したもの。しかしそれ専用ではなく、手枷も衣装も普段のものを流用するのをウォルターは好んだ。

昨晩も、シェリルの両手を戒めたのは昼間髪を結んでいたリボン。着せられたのは、この屋敷で支給されているメイド服だった。

倒錯的だった時間を思い出し、シェリルの頬が火照る。

本来自分が着るものではない服を身につけることは、何故か背徳感があった。

しかもいつも屋敷で自分たちのために働いてくれている者たちを、冒瀆している気分もする。それなのに立ったまま後ろから貫かれ、達してしまった自分が恥ずかしい。

軽く視線を巡らせた先で姿見が視界に入り、シェリルは赤面した。言わずもがな、昨夜のことを思い出したからだ。

あの鏡に手をついて、尻を後ろに突き出した体勢でウォルターと交わった。メイド服はエプロンもヘッドドレスも脱ぐことを許されず、そのまま。

倒錯感がある状況に戸惑っていたのに、途中からは何も分からなくなるくらい感じてしまった。

身体を支えきれず鏡に上体を預けると、自動的に腰を背後へ突き出す姿勢になる。それはさながらシェリル自らが彼を咥え込んでいるようだった。

前を見れば、だらしなく快楽に蕩けた自分の顔が映る。至近距離で目にする淫らな自身は、嫌がるどころか積極的に恍惚を貪っていた。

その事実に衝撃を受け——上回る悦楽に翻弄された。

いつもなら口にできない淫らな台詞を叫び、下品なくらい腰を振る。メイド姿のシェリルは本来の自分とは別人に感じられ、大胆に振る舞ったのは否めない。

ウォルターに耳元で『主人のために奉仕して』と囁かれると、一層快楽の水位が上昇した。

——我を忘れてあんなことを……私ったら最低だわ。

これまで以上に善がり狂ったシェリルを見て、彼はどう思っただろうか。やはりふしだらで罪深い女だと軽蔑したかもしれない。

それとも愛人としてなら楽しめるとほくそ笑んだか。

考えるとズンと胸が重くなる。それなのに身体は昨日の熱を覚えていて、記憶が過る度に再燃するから厄介だった。

——そういえば、あのメイド服はどうしたのかしら？　翌朝にはもう部屋に見当たらなかったけれど……

ウォルターが回収していったのは間違いない。万が一洗濯に出されていたら……と想像し、シェリルの背筋が冷えた。きっと淫靡な体液で汚れている。

養父は洗浄が必要になったものは全部処分していたようで、そういった心配はなかったのだが。

——ウォルター様も捨ててくだされぱいい。ああだけど、使用人の備品は家政婦が管理

していているわ。もしも在庫数が合わなければ不審がられるのではない？

以前はシェリルが女主人の代理を務めていたこともあり、家政婦がきちんと帳簿につけているのを知っている。故に、不安が擡げた。

——どうしよう。気になって仕方ないわ。でも聞くのも躊躇われる。

邸内に関する権限を取り上げられた今、余計な口出しは彼の機嫌を損ねるかもしれない。しゃしゃり出てウォルターを不快にさせたくなかった。

——さりげなく使用人に聞いてみる？　ハンナなら教えてくれるかもしれない。だけど勝手に屋敷の中を出歩くと、ウォルター様がいい顔をしないのよね……

シェリルが物思いに耽っていると、突然背後から肩を叩かれた。

「その服が気に入った？」

「きゃ……っ」

ノックもなくシェリルの私室へ入ってくる人間は、今や一人しかいない。

振り返った先には案の定、ウォルターが立っていた。

「きょ、今日はとても早いお帰りですね」

彼は領地管理だけでなく、自ら興した事業経営も続けている。そのため非常に忙しい。今日も予定では夜遅く帰宅予定だったはずだ。それなのに夕食前の時間帯に戻ってくるのは珍しく、驚いた。

「思ったよりも仕事が迅速に片付いた。――それより、珍しく明るい色を着ているじゃないか」

「あの、先ほど納品されたので、袖を通してみました。……ご、ごめんなさい」

今シェリルが纏っているドレスは、自分で選んだものではない。おそらくウォルターが追加発注したものだった。

「何故謝る？　全部君のものだ。好きな時に着ればいい」

「え」

事もなげに告げられ、シェリルは言葉に詰まった。想定していなかった反応にどう返せばいいのか思いつかない。

これまであらゆる面で養父に許可を得なくてはならない生活だったため、自分の意思に無頓着だったせいだ。

「それが気に入ったのなら、合わせて日傘や鞄も取り寄せよう」

「そこまでしていただかなくても」

外出時に必要な小物に言及するということは、彼はシェリルをいずれ外に連れ出すつもりがあるのだろうか。今は邸内を歩き回るのも制限されているので、少々意外な気がした。

「僕のすることに不満があるのか？」

「そうではなくて、もう充分色々揃えていただいたので、これ以上は衣裳部屋にも収納しきれなくなってしまいます」

実際、新しいものが増えたので、古いものは隅に追いやられつつある。クローゼットを見回すと、シェリルの視界に入るのは養父が購入したものではなく、ウォルターからの贈り物の方が多くなっていた。

――塗り替えられていくみたい。

養父との記憶も。辛い思い出も。段々過去が浸食されつつあった。

最近ではふとした瞬間、嫌な追憶に悩まされることが減っている。毎日ウォルターと顔を合わせ、彼との日常の方が目まぐるしい。昔のことを回想する時間もなく、日々淫らで甘美な行為に翻弄されていた。

「それなら、いらないものを処分すればいい。売って得た金を養護施設の寄付に回してはどうだ。これを機に部屋の模様替えもしよう。こう言っては何だが、君の部屋はやや子どもっぽい。もう少し年相応に家具やカーテンを変えるべきだ」

ただ『捨てろ』と言われたら、シェリルは大いに躊躇ったと思う。しかし有効活用を提案され、かなり心がグラついた。

――お父様が用意なさったものを、私の一存でどうこうするわけにはいかないけれど、ウォルター様が許可してくださるなら……

少しずつ手放していったら、いつかは養父の影に悩まされず、本当の意味で忘れられる日が来るだろうか。淡い期待で胸が弾む。

今はもういない人の気配が、存外自分を苦しめていたのだとシェリルはようやく気づいた。

「い、いいのですか？」

「ああ。調度品を入れ替えるなら、信頼できる業者を呼ぶ。シェリルの好きなように変えろ」

散財させるのは申し訳ないが、正直に言うと嬉しかった。彼の言う通り、シェリルの寝室は養父の趣味で幼い女児が好みそうな内装だ。

居心地がいいかと問われれば、答え難いのが実情だった。

「あ、ありがとうございます」

頬を綻ばせたシェリルは心から感謝を述べた。心なしかウォルターの雰囲気が柔らかい。仕事が上手くいき上機嫌なのかもしれない。

彼が昔に戻ったようで嬉しくなり、自然とシェリルの表情も明るくなる。しかしウォルターが手にしているものへ目が留まり、狼狽した。

「そ、それは……」

「ああ。我が家で支給しているメイド服によく似ているだろう？」

「似て……え、では別のものなのですか？」

「ああ。元々どこの屋敷も大差ない。だが一際似ているものを見つけて、面白いから数着手に入れた。昨日シェリルに着せたのもそうだ」

膝から力が抜けるかと思った。

では昨夜のあれは、家政婦の目を掻《か》い潜《くぐ》ってシェリルの元へやってきたものではなかったということだ。

安堵で天を仰ぎたくなる。それくらい気にかかっていた。

――よかった……だけどやっぱり親子なのね。お父様と同じで、そつがないわ……

秘密を他者に嗅ぎつけられないよう隙を見せない点が似ている。

そんなことを考えたシェリルを、ウォルターがじっと見つめてきた。

「……誰のことを考えている？」

「え？」

今頭に思い浮かんでいたのは、養父のことだ。最近は頻度が減っていたが、ウォルターとの共通点を見出したことで瞬間的に脳裏を過った。とはいえそこに懐かしさは欠片もない。ウォルターを思うついでのようなもの。しかしそんなことを馬鹿正直に明かす必要を感じず、シェリルは口籠った。

彼はそれを敏感に察したらしい。

シェリルに向けられていた淡い笑みは消え去り、冷えた空気を漂わせた。

「――いくら上書きしても、シェリルの中で父上の存在は絶大なのか」

「何を……？」

吐き捨てられた言葉はあまりにも小さく、シェリルは上手く聞き取れなかった。しかも聞き返す前に、襟足に添えられた手で上向かされる。

冷ややかな双眸と視線が絡み、近過ぎるせいで焦点が滲んだ。

「これに着替えて。――気に入ったドレスをいきなり汚したくはないだろう？」

茶色の瞳の奥に、様々な色の焔が揺れた。その火に炙られて、シェリルの体内も熱が生まれる。

ウォルターの手にあるのはメイド服。否応なしに昨夜のことが生々しく思い出され、全身が騒めいた。

拒むことは許されない。シェリルにできるのは、従順に服を受け取ることだけだった。

「あの……着替えるので、外に――」

「いや、気が変わった。やはり僕が着せ替える。君は何もしなくていい」

手を取られ、スツールへ座らせられた。後ろに回ったウォルターに、背中側のボタンを外される。衣擦れの音が耳を擽り、羞恥心が煽られる。

窓からの光は柔らかな茜色。まだ日が落ちきる前の明るさが、室内に緊張感を孕む陰影を刻んでいた。

肩から落とされた布が、肌を滑り落ちる。ささやかな刺激がとても淫靡に感じられるのは、互いに無言のままだからか。

何か言おうと息を吸った瞬間、鏡越しに合った視線一つでシェリルは黙らせられた。咎められたのではない。口を押さえられたのでもない。

だが、彼の眼差しに沈黙を求められた。まさしく、人形と同じに。

「……っ」

前へ移動し跪いたウォルターに右足を持ち上げられ、背もたれのない椅子の上でシェリルは腹に力を込めた。重心が安定せず、油断すると姿勢が崩れてしまいそう。後方に倒れないよう手を座面につくと、彼は自身の腿の上にシェリルの片足を乗せた。

いくら室内履きでも、靴を履いたままではウォルターの服が汚れてしまう。

シェリルは慌てて足を引こうとしたが、がっしり摑まれていて無理だった。

足首と踵を包むように大きな掌が固定してくる。強引に抗おうとすると、おそらくシェリルは反動でスツールから転げ落ちるだろう。

大した高さはないので怪我は負わないと思うが、またもや視線で抵抗を封じられた。

喉が震え、役立たずになる。

いっそ目を逸らしたいのに、背けた瞬間急所へ食らいつかれそうな予感があった。空気は張り詰め、呼吸もままならない。

下手に動けば墓穴を掘ると理解し、シェリルは強張っていた右足から力を抜いた。

「……それでいい。人形らしくじっとしていろ」

靴と靴下を脱がされた爪先が、心許なく縮こまっている。素足を見られることにはいつまで経っても慣れやしない。

まして際どい場所までスカートをたくし上げられると、とても平然とはしていられなくなった。

「……っ」

居た堪れなさを薄めたくて、目を閉じて俯く。

かつてはこのくらいのことで顔色を変えたりしなかった。それこそ表情が抜け落ち、開いた目には何も感情がなかったと思う。

だが今は心臓が危うい速度で脈打ち、汗が噴き出して全身が熱くなる。

無表情も取り繕えない。声を出さずにいるのが精一杯で、小刻みな震えも抑えられなかった。

自発的に立ち上がれないため、ウォルターに抱き抱えられる形で腰を浮かす。その間にドレスは剝ぎ取られ、下着のみの格好にされた。本当に自分が等身大の人形になった気分だ。

今残っているのは下着とコルセット。

きつく締められた紐を解かれれば、呼吸が一気に楽になる。だが裏腹に素肌を晒しつつあるこの状況が、シェリルの首を絞めるのに似た息苦しさを運んできた。

以前より豊かになった双丘がまろび出て、汗ばんでいたのを実感すれば、触れられてもいないのに頂が淫らに尖る。

赤く染まった先端は、甚振《いたぶ》られるのを待ち望んで見え、シェリルの頬も上気した。

最後の砦は下肢を守る心許ない布。

立たされた状況が、殊更自分が無防備であるのを突き付けてきた。

必死に瞳に懇願を乗せ許しを乞うても、嫣然とした笑みに跳ね返される。むしろシェリルが動揺を滲ませれば、彼は愉悦を覚えるようだった。

「絶対に動いちゃ駄目だ」

念押しを囁かれ、首筋が粟立つ。正面に立つウォルターが焦らす手つきでシェリルの下着を下ろしていった。

両脚を頼りない布が滑ってゆく。腿を通過してしまえば引っ掛かりをなくし、一気に足首まで落とされた。

これでもうシェリルの肢体を守ってくれるものは一つもない。完全に生まれたままの姿にされ、夕刻の明かりに照らされた。

せめて自身の腕で身体を隠したいのに、指一本動かせないのは、焦げ付く彼の眼差しに射抜かれているから。己の中に燻る興奮も、シェリルをその場に貼り付けにしていた。だが辱めはこれで終わらない。今度はメイド服を着せられる。裸からは解放されたのに、逆にもっと羞恥を覚えるのは何故なのか。

下着の類を身につけていないこと。本来はシェリルが着るものではないこと。理由は色々考えられる。

けれど最も有力な原因は、全てウォルターに任せきりで着替えさせられていることだった。

腕を通され、脚を持ち上げられ。されるがまま着々と服を着せられてゆく。ドレスと違い、メイド服には腰を絞るコルセットは必要ない。しかしその分、布越しに身体の線が窺えた。触れられれば、はっきり掌の熱も伝わってくる。

そのことがシェリルを戸惑わせ惑乱させた。

ご丁寧にエプロンとヘッドドレスまで装着されて、このまま室外に出れば、メイドたちの中に溶け込めるかもしれない。シェリルの顔をよく知らない客人にならば、偽の使用人とは絶対に気づかれないとも思った。

素足であるのを除けば、完璧な仕上がりだ。

格好を変えると、気持ちもそれに引き摺られる。主と使用人の構図。今やシェリルは普段以上に『ウォルターに逆らえない』呪縛にかかった。

——昨晩と同じ。

奇妙に胸が昂る。呼吸は浅くなって、下腹が疼いた。

この先起こるだろうことを、シェリルはもう知ってしまっている。何せ昨日体験したばかりだ。倒錯的でふしだらだと思うのに——期待で息が乱れた。

——ああ……クラクラする。

頬に触れた指に唇を薄く開かされ、前歯をなぞられた。間違っても彼の指を噛まないよう、シェリルは顎から力を抜く。するとウォルターが今度は舌に触れてきた。

「……ぅっ」

意図せず、声が漏れる。

彼が自らの唇の前で人差し指を立て『声を出してはいけない』という命令を、改めて下してきた。あまりにも静かな強制に、不可解な昂りが大きくなる。シェリルが我慢しようと心掛けると、眦に涙が浮かんだ。

「ほら、自分でスカートを持ち上げて」

だらりと下ろしていた両手にスカートの裾を握らされ、そのまま腕を持ち上げられる。当然の帰結として、シェリルの脚が露わになった。しかも太腿付近まで。

自ら見せつけている状況に、顔が火を噴きそうだ。それでも健気に命令を守り、勝手に動いてはならないと自身を戒めた。当然声も押し殺す。

もしこんな場面を誰かに目撃されたら、何を言われることやら。傍から見れば、シェリルがメイドの格好をし、自発的にいやらしい体勢を取ったようだ。

膝が戦慄いて、踏ん張らなければこの場にしゃがみ込んでしまいそう。スツールに腰を下ろしたくなり、無意識にそちらへ視線をやった。

「――意識を僕から逸らすのは、許していない」

低く警告を発せられ、慌ててウォルターに顔を向け直した。汗ばむ掌が摑んだスカートを危うく放しかける。慌てて握り直せば、更に裾の位置が上へずり上がった。

「座りたい？　だったらこっちへおいで」

導かれたのは、チェストの前。椅子の類はなく、シェリルは戸惑って彼を見上げた。

「人形はよくこういう場所に飾られているだろう？」

「きゃ……っ」

突然両腰を摑まれて持ち上げられ、シェリルはつい悲鳴を漏らした。浮遊感に動揺しているうちに、チェストの上へ座らされる。爪先は完全に床から離れ、視線の位置は立った体勢よりも高くなった。

流石にこの高さから転げ落ちれば、スツールと違い痛い思いをするだろう。そう思うと下手に動けず、シェリルはウォルターを窺った。

「この高さだと、よく見える」

言うなり彼が床に膝をつく。するとシェリルの腰の高さが丁度ウォルターの目線に合うと悟り、慌てふためいた。

失念していたが、スカートを摑んでいたせいで太腿は大胆に露出したまま。下着は穿いていない。この状況ではほんの少し膝を開いただけで恥ずかしい場所が彼から丸見えだった。

「や……っ」

「騒がしい人形だな。――それとも縛られたくてしている？　ああ、もしくは口枷を望んでいる？」

とんでもない誤解だと否定したくても、喋ればまた命令に逆らったことになる。どうするべきか迷い、結局シェリルは控えめに首を左右に振った。

伝えたい言葉は、自分でも上手く纏められない。やめてほしいと願いつつ興奮もしている。だからウォルターを見つめる瞳は、考えようによっては雄弁だった。

「案外要求の多い人形だ。少し甘やかし過ぎたかな」

愉悦を滴らせたウォルターにぐっと脚を開かされると、蜜口も倣って開く。外気に触れた花弁は、シェリルの心情と無関係に、早くも潤みを帯びていた。

「ちゃんと裾を持ち上げていなくては駄目だよ。汚れ物を洗い場に預けたら、詮索したがる使用人もいるかもしれない」

シェリルの憂慮など、彼にはとっくにお見通しだったらしい。しかもタイミングよく心に揺さ振りをかけてくる。

つい想像し、ヒリつきが末端まで広がった。

昨夜の熱が思い起こされる。どんな快感が身体を駆け抜け、自分が淫靡に鳴いたのかを。我を忘れて絡まり合い、共に絶頂へ達したことも。

ウォルターが吐精を堪える顔まで思い出し、シェリルの蜜壺が妖しく騒めいた。

「見られただけで滴らせて、本当にいやらしい女になったね」

嘲りの中に微かに別の意図が混じっている気もする。しかし彼がシェリルのスカートの奥へ頭を潜らせたことで、追究する余裕はなくなった。

「あ……っ」

めくるめく快楽の予感に、もう嬌声を堪えられない。

辛うじて自らの口を両手で塞いだシェリルは、強く目を閉じこの先やってくる官能の嵐に備えた。

◇◇◇◇◇

倒錯的な悦びで打ち震えた。

他人を支配して昂るなんて、どうかしている。そんな楽しみ方をしたことはこれまで一度もなかった。

にも拘わらず、ウォルターはシェリルを思いのままにすることへの興奮を否定できなくなっている。

彼女を屈服させ、抵抗を封じ、あらゆる世話を焼いてやり『自分がいなくては彼女は生きられない』という勘違いでゾクゾクした。

そう。自分でもとんだ勘違いだと分かっているのだ。

人は誰も他者を所有することなどできない。身分や立場で差があるのは否定しないが、それでも全ての権限を握れるはずもない。

たとえ愛人でも、人間を人形として扱うのは非人道的だ。相手の意思を無視してこちらだけが満足を得るのは、鬼畜《きちく》の所業だった。

ウォルターは今まで法を犯したことはなく、どちらかと言えば善良に生きてきた自負がある。人に優しくするのは至極普通であり、特別なことではない。困っている者がいれば、手を貸すのは当然。父に倣い、慈善活動も積極的に行ってきた。

そんなウォルターが初めて、意識的に誰かを傷つけようとしている。それも、妹として一時は慈しんだシェリルを。苛立ちをぶつけ、壊してしまいかねないほどに。

こんなことは間違っている。いくら同意を得て、罪には当たらないと己に言い訳しても、罪悪感が燻っていた。

今すぐ立ち止まらねばならない。そう考える度、自分の腕の中で淫らに喘ぐシェリルが思い浮かんだ。

普段と違う格好をして、自由を奪われ、頬を赤らめつつも快楽に蕩けているのを隠そうとする彼女。動くなと言えば従順に固まり、喋るなと言えば嬌声を堪えて。

あの夜、父とベッドの上で絡み合っていたシェリルと重なるようで重ならない。この違和感は何なのだろう。あの時の彼女は今よりもっと作り物めいていた。

――シェリルは人形扱いで愛玩されることを望んでいるはずだ。

かつて父はそう言って彼女を囲っていた。だがそこに父自身の歪んだ愉しみが介在していなかったと言えるだろうか。もし息子を守るための自己犠牲ではなかったとしたら。

母の死後、決して後妻を迎えようとしなかった父。それどころか遊び相手も作らず、一切浮名を流さなかった。

そんな父をウォルターは尊敬していたし、立派な人格者だと信じて疑わなかったが、初めから一般的な意味での『妻』を求めていなかったとしたら。

対等で、時には意見が対立するのが、普通のパートナーだ。けれど乏しい記憶を掘り起こしてみても、ウォルターの父と母のそういった姿は覚えがなかった。もっと言えば、二人が会話していた思い出もほとんどない。

そのことに気づき、ウォルターは動揺した。

――人形は持ち主を拒絶しない。逃げず、いつまでも美しく理想の姿を留めている。そんな都合のいい存在を父上がシェリルに求めていたならば――

これまで父親の心情を深く考えていなかったウォルターはハッとした。

――父上もシェリルとの関係を享受していた……？　いや、そんな馬鹿な。でも――良識ある大人であれば、未熟な子どもの暴走を止めるのが当然じゃないのか。

尊敬していた実父の印象が著しく変わる。幼子に迫られ、渋々ではなく乗り気だったとしたら。大人である側こそ本当なら年少者を諫めるべきではないのか。

それは快楽に呑まれつつ困惑に震えるシェリルを見てしまったからこそ思う。彼女は明らかに混乱していた。我が身に起こっていることを、完全に理解していたとは思えない。そんなある意味痛々しい姿を知り、こちらも戸惑わずにいられなかった。

――薄々感じていたが、シェリルは知識が偏っている。しかも自身が無知であることにも気づいていないんじゃないか？

現在シェリルは十九歳。大人と呼んで差し支えない。だが父と関係を持っていたとウォルターが知った時は十五歳だった。その年で彼女に成人と同じ正しい判断力があったと断言できるかと問われたら、言葉に詰まる。

――僕は肝心なことを見落としていないか？

見たくない現実から逃避して、敢えて考えようとしなかったことが、今になって急にウォルターの中で明滅する。

ひょっとして、自分は大きな過ちを犯したのではないか。そう思うと足元が瓦解《がかい》する恐怖に見舞われた。

けれども。

父への疑念が生まれた理由はもう一つある。

ウォルターの中にも存在する、昏い悦び。シェリルを雁字搦《がんじがら》めにし、逃げられないよう囲ってしまう。その上で意思のない人形に貶めてしまえば、彼女は絶対に自分から離れられない。

用意した箱庭を堅牢な檻とは悟らせず、何もかも自分の意のまま。『家族』や『愛人』よりもよほど強力な枷をシェリルに嵌める歓喜に気づいてしまった。それ故、父も同じだったのではないかと思い至ったのだ。

——違う。そんなはずがない。僕も父上も汚らしい欲望でシェリルを利用しているわけじゃない。もしそれを認めてしまえば——

いっそ永遠に知らなければよかった。だがもう遅い。味わってしまった醜い愉悦が猛毒となってウォルターを蝕《むしば》む。

どんなに違うと否定しても、一度芽吹いた自分自身への疑惑は大きく育っていった。

爛れた日々は、シェリルを外界から遮断した。

これまでもさほど外と接点があったとは言えないが、最低限の社交には参加していたし、定期的に養護施設にも顔を出していた。それらが、パタリと途絶えたのだ。

それだけに止まらず、屋敷の中を自由に歩き回るのも未だ禁止されている。

許された自由は自室の中だけ。

◇◇◇◇◇

ある意味、養父の監視下にあった頃よりも束縛は厳しい。しかし反比例してシェリルの部屋の中は居心地がよくなっていた。

シンプルながら使い勝手のいいドレッサー。大仰な天蓋に覆われていない寝心地のいいベッド。飴色をした重厚感あるテーブルに、装飾の少ないソファー。

カーテンは金糸の刺繍が施され落ち着いた色合いのもの。絨毯に至っては、柄のない品を選ばせてもらった。

統一感があり、過度に幼い愛らしさを強調していないところをシェリルはとても気に入っている。

ウォルターは約束通り、調度品を全て入れ替えてくれた。その結果、自分の好みとはかけ離れていたものが、一気に様相を変え、安らげる空間になったのだ。

——クローゼットの中も随分スッキリして……隠し扉の奥にあったものは全部ウォルター様が片付けた。

気づけば、養父の残滓《ざんし》は完全に消されている。あるのは、ウォルターの気配。

シェリルを囲う檻は狭まったのかもしれないが、不思議と苦痛は感じなかった。むしろずっとこのままでいいとすら願ってしまう。

おそらく外の世界では、そろそろシェリルの悪評が出回り始めているのではないか。

養父の死後、めっきり姿を現さなくなった養女へ、人々は関心を寄せているはずだ。ウォルターが精力的に活動するほど、『血の繋がらない妹はどうしていることやら』と野次馬根性が擡げても不思議はなかった。

他人の不幸や醜聞ほど、貴族たちを熱狂させる娯楽はない。

シェリルがまるで人前に出ないことで、余計に興味が尽きないのでは。

外界では噂話の嵐が吹き荒れているに違いなく、そしてそれは屋敷の中も同じだ。

ゴールウェイ伯爵家を追い出されず、さりとて軟禁状態にされているシェリルを使用人たちは不審がっているに決まっている。

これといって役目を与えられず、実情は居候に等しい。もしくは罪人だ。

——ハンナは元気にしているかしら？　彼女が私の専属を外されてから随分経った。正直なところ女主人に仕えるレディーズメイドよりパーラーメイドは格下だわ。ゴールウェイ伯爵家には他に仕える女性がいないから、仕方ないけれど……

引き籠らざるを得なくなり、日付の感覚はとうにない。

養父の死から何日――何か月経ったのか、もはやシェリルには曖昧だった。ただウォルターが用意したドレスが厚手になったことで、季節を跨いだのを知ったのみ。

この部屋の中で求められるまま人形として生きている分には平穏だ。けれどそれは正しい形とは決して言えなかった。

――このままではいけない。

微睡《まどろ》む日々の中、シェリルは安寧を味わいつつも次第に『状況を変えなくては駄目だ』と感じるようになっている。

自分が悪く言われるだけなら別に構わない。既に覚悟を固めている。都合のいい言い訳を並べ立てる真似だけはしないと決めていた。

だが――ウォルターを同じ地獄に引き摺り込むわけにはいかないと強く思う。

そもそもこんな事態になっているのも、彼を傷つけたくなかったからだ。けれど実情は。

一見彼がしているのは養父と同じ『遊び』。しかし父親が遊戯と日常を厳密に分けていたのと比べ、ウォルターは次第に均衡を失いかけているように見える。

シェリルの部屋でひと時の非日常を堪能し、表と裏を完全に使い分けていた養父。

対してウォルターは近頃ここに入り浸るようになっていた。

勿論、当主として役割は果たしていると信じている。外の世界と遮断されていても、シェリルが望めば新聞などの情報は得られる。その中でゴールウェイ伯爵家が危ういなどの話は見ないからだ。

それどころか記事はウォルターを称賛するものばかり。

新たな事業を成功させ、父親よりも熱心に弱者救済に奔走している。素晴らしい若者であり、今一番の花婿候補だと謳《うた》っていた。

だとしたら、彼はシェリルの元へ現れない間、精力的にゴールウェイ伯爵として辣腕《らつわん》をふるっている。どれだけ多忙か、考えるまでもなかった。

にも拘わらず、毎日一度はこの部屋へやってくるのだ。

本当なら愛人にかまけている暇などないはず。そんな時間があるなら、是非身体を労わってほしい。そうシェリルが思わずにはいられないほど、最近のウォルターは疲れて見えた。

目の下のくまや、顔色の悪さ。やや窶《やつ》れも見て取れた。

当人は隠しているつもりなのだと思う。実際、彼をよく知らない者であれば、ウォルターの不調には気づかないかもしれない。だがシェリルは違う。

共に過ごした時間は短くても、昔から彼だけを見つめてきた。

離れていた間だって、一時も忘れたことはない。人生の半分以上の年月を、ウォルターを想い生きてきた。

だからこそ、悟らずにはいられない。

彼が追い詰められていることを。ギリギリの精神状態の中、疲れ倦んでいることを。

──私はまた選択を誤るところだった。

いつしか閉じられた世界に慣れ、現状維持を望み始めていたなんて、愚かとしか言いようがない。罪深く、神に背いた所業だ。

表向きウォルターの欲求に応え、彼の恨み辛みを受け止める振りをして、実のところ己の願望を叶えていただけ。

その事実を、ごまかしきれなくなった。このまま間違った道を突き進めば、ウォルターは粉々に壊れてしまう。ヒビだらけなのを見過ごすことはもうできなかった。

──潮時かもしれない。歪んだ繋がりから彼を解放しなくては駄目。……やっと気持ちを固められた……。

正直に言えば随分前からシェリルは分かっていたのだと思う。だが向き合いたくなかった。認めてしまえば、何もかも手放さなくてはならなくなるから。

偽りの平穏でも、これまで生きてきて初めて望むものを手にした生活だったために。

皮肉だが、養父の気配が薄まったことで、冷静にものを判断できる状態になった。

更に決心できたのは、他ならぬウォルターのおかげだ。昨夜、隣で眠っていたはずの彼が漏らした言葉で、迷っていたシェリルの気持ちに決着がついた。

ウォルターは、こちらが熟睡していると思い、油断していたのだろう。

いつものように爛れた遊びに耽り、裸のまま眠りに落ちた。このところ、彼は明け方近くまでシェリルの部屋で過ごし、早朝に自室へ戻るのを繰り返している。ろくに眠っていないことは明白。

昨夜も横になっただけで就寝する気配はないことが気になって、シェリルも秘かに起きていたのだ。

静寂の中、時間が過ぎ暗闇で目を閉じていると、睡魔に負けそうになる。ついこちらがウトウトし出した刹那、ウォルターがポツリと漏らした。

『ごめん』

そう、一言。だがたったそれだけで沢山のことが伝わってきた。

近頃はめっきり彼の心が見えなくなっていても、これまで積み重ねてきたものがある。だから、分かった。

頭を撫でてくれる手は、ひどく優しい。かつて『お兄様』と慕っていた時とまるで同じ。温かく穏やかで――黒い感情など欠片も宿っていなかった。

時間にすればごく短いもの。

ど違う。
夢現《ゆめうつつ》だったシェリルは、ひょっとしたら自分が望む幻聴を耳にしたのかと訝った。けれ
頭部に残る温もりや、頬に落ちてきた涙の感触が現実なのだと教えてくれた。ウォル
ターの深い悔恨と罪悪感と共に。
『……父上と同じにはなるまいと思っていたのに――』
絞り出された呟きは、心の叫びそのものだった。
――あの方は私と間違った関係になったことを、心の底から悔やんでいる。
いくら冷淡な態度を取っても、彼の本質は変わらない。優しくて懐の深い、善良な人だ。
ごく普通に家族を愛し、勤勉で真面目でもある。
そういう人に道を踏み外させたのがシェリル。こんな自分と関わらなければ、ウォル
ターは今後もずっと明るく正しい道を歩んでいた。伯爵家の当主として相応しい伴侶を迎
え、領民から慕われて――
そんなことは彼自身が一番分かっているはず。己が過ちを犯していることも。聡明な
ウォルターに理解できないわけがなかった。
――憎い私に謝罪してくださるなんて……
苦悩と葛藤が垣間見える。それなのに間違いと知りつつ、罪を重ねざるを得ない複雑な
胸のうち。もはや自分でも怒りや憎悪を制御できないのだろう。

シェリルを責め苛むことでしか、彼は心の均衡を保てなくなっている。

生来清廉なウォルターには如何ほどの苦しみか。想像を絶するほど、のたうち回る苦痛の中にいるに違いなかった。

ならば幕引きを図るのはシェリルでなくてはならない。これ以上、彼に負担を強いたくなかった。せめて加害者である自分が決着をつけなくては駄目だ。

——今よりもっとウォルター様に疎まれることになっても……いいえ、彼が迷うことなく力一杯私を嫌悪できるようにするのが、唯一の贖罪なのかもしれない。

そのためにはどうするべきか。考え抜いた末、決断を下す。

——終わりにしよう。

ウォルターの罪悪感を消せるなら、何でもする。

か細くても、捩れてしまっても残しておきたかった繋がりを、シェリルは自ら断ち切るのを決めた。

全てなかったことにする。場合によっては、二人が兄妹であったことも含めて。

今夜も、疲れた顔をした彼が部屋にやってくるのを待つ。

いつからか、この時間を心待ちにしていた愚かな自分がいた。養父の気配に怯え、物音に身を強張らせていた頃とは真逆だ。

耳を澄ませたシェリルが、じっと廊下へ意識を集中させていると。

ノックもなく忍びやかに開かれた扉から、ウォルターが入ってきた。優雅な足取りは、いつも静かだ。自身の存在をわざとらしく示しはしない。

シェリルはソファーから腰を浮かせ、彼を出迎えた。

これまでは無用な手間をウォルターにかけさせないよう、大人しくベッドに腰掛けていることが多かったためか、彼がほんのりと片眉を上げる。

普段と違うシェリルの様子に気づいたのかもしれない。探る眼差しが、素早くこちらに注がれた。

「寝衣に着替えてもいないとは珍しい。今夜は遅くなると伝えておいたのに」

事前に彼から『今夜は夕食をメイドに運ばせる。入浴も準備させておくから自分で済ませてくれ』と告げられていた。

こういうことは幾度かあったし、慣れている。

けれど今日は、きちんとした格好で彼と向き合いたかったのだ。

寝衣のような楽な姿や、着せ替え人形の淫らな服ではなく。そこで朝身につけたドレスのまま、じっとウォルターを待っていた。

「……お話があります」

「……今でなくてはいけないのか？　僕は疲れている」

「でしたら尚更、座ってお話しできませんか」

さりげなくソファーを指し示したのは、なし崩しにベッドへ移動してしまうと、いつも通りの爛れた空気になるのを警戒したためだ。

きっとまともに会話なんてできない。

快楽と罪に溺れ、何も考えずに済む快適さに流されてしまうだろう。これまでずっとそうだった。

あれこれ言い訳をしても、向き合わねばならない問題を先送りしていたのだ。欲望で思考を埋め尽くし、疲れ果てて眠っている間だけは、現実を直視せずにいられる。

根本的な解決を図らないまま狭い世界を揺蕩《たゆた》うのは、シェリルにとって禁断の楽園同然だった。

——でもこの箱庭から出なくてはいけない。

現状維持を望む卑劣さを捻じ伏せ、シェリルは真摯に瞳で語りかけた。

思えば二人の関係が歪んで以降、こうして真正面から彼を見据えたのは初めてかもしれない。双眸の奥に隠したい真実を見つけられてしまいそうで、今まで怖くてできなかった。

そんな真剣さが、彼にも察せられたのだろう。

ウォルターは黙ってソファーに腰を下ろしてくれた。

「あ……何かお飲みになりますか？」

「いや、いい。——それよりも、本題を」

先を急かされ、シェリルもひとまず座る。位置は、テーブルを挟んで彼の正面。秘密を共有するようになってからはもっぱら密着していることが多かったので、この距離感は『兄妹』だった時のもの。

そのことに彼も気づいたのか、僅かに指先が動いた。

「手短に頼む」

乱暴な手つきで襟元を緩め、ウォルターは隙なく整えていた髪を乱した。すると完璧な紳士然としていた風貌が、突然年相応に見える。

二十二歳ならば、まだ溌溂とした若者だ。老成する年齢ではない。様々な重圧が彼に変化をもたらしたと思うと、シェリルは言い知れぬ切なさを抱いた。

同時に、あどけなさが垣間見える姿は、かつてのウォルターを思い起こさせる。

自慢の兄であり、心の拠り所だった彼の変わらない部分に触れられ、喜びが湧くのはどうしようもない。

懐かしさが涙となって溢れそうになった。

「……私たち、このままでは駄目になると思います」

声を震わせずに言えたのは、我ながら快挙だ。

胸の痛みは増すばかり。意識しないと上手く呼吸もできやしない。双眸に力を込めて、どうにか滲む滴を抑え込む。そうしないと、たちまち嗚咽《おえつ》してしまいかねなかった。

「駄目に？　──……もうとっくになっているとも言えるな」

自嘲も露わにウォルターが吐き捨てる。反論の余地がなく、シェリルは己の拳を握りしめた。

彼も今の状況が望ましいものだとはおそらく思っていない。だが一度泥沼に足を取られてしまえば、もはや自力で抜け出すのは不可能だった。

ましてここに至るまでシェリル諸共足掻かず、絡まり合って沈んだようなもの。とうの昔に水面が見えなくなるほど深みに嵌っている。

このまま窒息するのを待つ昏い悦びを、自分が完全に振り払えたとは言い切れない。けれど、もしそうなるとしても、命を落とすのはシェリル一人で充分だった。

──夢は見られた。それだけで……今後どう扱われても耐えられる。

養父の死後濃密な時間をウォルターと過ごし、彼ならば養護施設への支援を続けてくれると確信できた。

シェリルへの憎しみとは切り離してくれるはずだ。口では色々言っても、ウォルターの本質は昔のまま。それならいっそ自分が彼の前から消えた方が、心の平穏を保てるのではないか。

──兄妹には戻れない。彼を苦しめるだけなら、歪んだ関係も続けられない。それなら私にできることは？

「全てを正しい形に戻しましょう。私をゴールウェイ伯爵家から放逐してください。戸籍は勿論、存在そのものを完全に消して、忘れてください」

ウォルターが息を呑んで見えたのは、シェリルの願望が作り上げた幻に過ぎない。愕然とした表情も、傷ついた色をした瞳も。

それらは全部、愚かな願いが見せた幻覚に決まっていた。

「何を突然——契約を違えるつもりか」

「私がここにいることで、ウォルター様は余計に苦しんでいます。私を意のままにして気が晴れるならと思っていましたが、まるで逆です。ご自分がどんな顔をしているか、ご存じですか？」

今夜も彼は不健康な顔色に落ち窪んだ眼をしていた。

疲労感は隠しようもない。それ以上に、精神的に窶れ果てていた。

「仕事が忙しいだけだ。シェリルとは関係ない」

「そんなはずがありません。いえ、忙しいとおっしゃるなら、ウォルター様から安らぎを奪う私を尚更遠ざけるべきです」

心労になるものは、視界に入れるのも苦痛だ。シェリルだって、かつてはそうだったからよく分かる。

あの誰にも明かせない辛苦を、彼に背負わせたくなかった。

シェリルはもう何も持たない子どもでも、搾取されるだけの弱者でもない。何か一つでも守れるものがあるのだと思うと、勇気が湧いてくる。受け身ではなく、自ら動くのは今しかなかった。

——それが、大事な人に嫌われて離れることなのが、悲しいけれど……

まだできることがあってよかった。気づくのに時間はかかってしまったが、今ならやり直せる。そう信じて、シェリルは言葉を選んだ。

「……ウォルター様も分かっているはずです。ここで仕切り直さないと、手遅れになると。最初に貴方がおっしゃったように、私が出ていきます。初めに縋りついた私が言えた義理ではありませんが、どうかご自分を見失わず幸せに——」

「勝手なことを言うな」

彼の幸福を祈ろうとしたシェリルの言葉は、乱暴に遮られた。

怒気の籠った声は微かに掠れている。

強く握られたウォルターの拳は、白く筋が浮いていた。

「今更そんなことを言って、僕から逃げるつもりか」

「逃げるなんて……そうではなくて、私たちは距離を置くべきです」

「父上と同じことをしても、相手が僕ではやっぱり満足できなかったのか？」

「え？」

噛み合わない会話に、シェリルは瞠目した。

シェリルが去ることに、彼が難色を示す可能性は考えていた。まだ吐き出し足りない憤りが燻っていれば、自分が『逃げる』のを面白く思わないだろうと。

けれど今の言い回しは何か違う。

違和感は僅か。しかし無視できないものだった。

——だってその言い方では、私たちの歪んだ関係がウォルター様の心を癒すためではなく、私のためみたいに聞こえる。

そんなはずがないのに。愚かにも掻き乱されてしまう自分が情けない。彼の何気ない言動で簡単に一喜一憂し、惑わされる。今も期待しそうになる気持ちを必死に静めているのが滑稽だった。

「物足りない？　だったら手加減しない。これからは——」

「待って、待ってください。そんな風に言われたら、ウォルター様が私を引き留めたがっているみたいじゃないですか」

一刻も早く追い出したかったはずなのに。まるで『行くな』と言われている気分になる。

それは勘違いだと己に言い聞かせ、シェリルは深呼吸した。

「私は貴方に歪んでほしくありません。私が傍に居続ける限り、ウォルター様は感情の整理ができないでしょう。だから離れた方がいいんです」

視界に入れば意識せずにはいられない。どうしたって揺さ振られる。元々情の厚い人なら、より平静を失うのが自然だった。

「整理？　便利な言葉だな。僕が歪もうがどうしようが、それはシェリルに関係ないだろう」

「関係あります。一度は兄と慕った人ですもの……！　大事な家族を苦しめたくありません」

大切だから傍に居られない。シェリルが彼にできる愛情の示し方は、消えること以外に思いつかなかった。

「兄、か。木っ端微塵に壊してしまったものに拘《こだわ》るなんて、馬鹿々々しい。今の僕らは即物的な愛人関係以上でも以下でもない」

細められた男の瞳は、昏く濁っていた。それでいてひどく悲しげ。視線を合わせれば、こちらの胸が軋んでくる。だが、逸らせない。

シェリルが一歩でも引けば、この話し合いが破綻する予感がする。おそらく二度とやり直しの機会は得られない。状況は悪化して、いずれ二人とも窒息するまで泥の中で溺れることになると思った。

「……愛人関係を継続しても、ウォルター様は救われませんよね？　でしたら無意味です。ただの自傷行為に加担できません。どちらにしても私たちが一緒にいる理由は既にないのです」

自分で言っていて、心を抉られた。

傷つけ合うだけなら、この関係にどんな名前を冠しても意義はない。無価値で虚しい。

それなら別々の道を生きるより他なかった。

「理由がない……？」

明らかに動揺した彼が唇を震わせる。怒りか戸惑いか。それら全部を混ぜた様子で、ウォルターはしばし黙り込んだ。

「私は、ウォルター様の当初のお望み通り、二度とゴールウェイ伯爵家に関わりません」

今後一生顔を合わせるつもりもなかった。ひっそりどこかで、思い出を胸に生きてゆく。何なら養護施設に戻って、無給で働いてもいい。勿論、彼から貰ったものを持ち出す気もない。

ただ――今も身につけているネックレスだけは、許されるなら手元に置きたいと願った。

「……っはは……急にどういう風の吹き回しだ」

「急ではありません。以前から……ずっと考えていました。ウォルター様にどうしたら本当の意味で償えるのか……やっと決心がついたのです」

歪んでいながらも幸福を感じてしまったから、一歩踏み出せなかった。だが彼を不幸にしているなら、話は別だ。

シェリルにとって最も大事なのはウォルター。彼を余計に苦しめるなら、ここにしがみつく選択はできなかった。

「これ以上、愛人ではいられません。ですから、私は消えます」

たどたどしくても、思いを最後まで吐き出せた。少なくとも伝えなくてはいけないことは言えたはずだ。

奥歯を嚙み締めた彼も、時間をかければ理解してくれるに決まっている。今は苛立ちの方が大きくても、ウォルターだって本心では過ちに気づいているのだから。

訪れた沈黙は途轍もなく重い。

圧死しかねない重圧で、身じろぎもできなくなる。微かな衣擦れの音も憚られる中、どれだけ時間が流れたのか。

静寂を破ったのは、乾いた彼の笑い声だった。

「ははは。なるほど。シェリルの言いたいことは分かった」

「それでは――」

「だが了承するかどうかは話が別だ。さも僕のためにここを離れるような言い方をしていたが、結局は君が逃げ出したいだけじゃないのか」

冷えた眼差しに射抜かれる。串刺しにされた心地で、シェリルは固まった。

けれどこれまでとは何かが違う。持て余す激情の奥に、別の心情が横たわっているのが見えた。

執着心と呼ぶには純粋で、憎悪と呼ぶには黒く固まっていないもの。それが何かは判然としない。

それでも必死に手を差し出されているような、不思議な懐かしさがシェリルの胸を去来した。

「つまり、僕が君を愛人として囲うことで一層苦しんでいるから、出ていくと言いたいんだな。……ああ、その言い分には一理ある。シェリルの言う通り、ちっとも気が晴れないし鬱屈は溜まる一方だ。それを意味がないと言うなら、否定はできない」

「私、は……ウォルター様が苦しむ姿を見たくありません。それは絶対に、嫌なんです。私に囚われず、幸せになってほしいと心から願っています」

「離れていくことだけが、僕の救いになるとでも？」

言葉を紡ぐうちにウォルターの瞳から狂気じみた色が薄れてゆく。代わりに悲哀に似たものが強く滲んだ。

「はい。たぶん、私たちは愛人として不毛な関係を維持する限り、ますます互いを傷つけ合うだけです」

その果てに残るのは、何もない。奪い合って血を流し、やがては虚無が訪れる。そうなった時、無為な時間を惜しむ人生を彼に味わわせたくなかった。

――私なんかに関わらせてしまったせいで。

自らの手で顔を覆ったウォルターが深々と嘆息する。肩を落とした様が痛々しい。

この人をこんなにも追い詰めてしまったのが自分なのだと思うと、シェリルは改めて己の罪深さに慄然《りつぜん》とした。

愛しているから傍に居られないことがある。その事実が途轍もなく悲しい。けれどその悲哀を彼には見せまいと懸命に涙を堪えた。

「――……分かった」

か細く漏らされた言葉に、終わりを悟る。こちらから関係の終焉を申し出たくせに、傷つくシェリルは愚かとしか言いようがなかった。それでも、これでよかったのだと懸命に自身へ言い聞かせる。

そうしないと今にも醜い本心を吐き出してしまいかねなかった。

「できるだけ早くここを出ていきます」

「……間違いを正せば、シェリルが去る理由はないということだな？」

「え？」

予想していなかったことを告げられ、シェリルの思考が停止した。今自分たちは歪な関係を清算し、それぞれの道を歩む話をしていたのではないか。それなのに『去るな』と言わんばかりの台詞を投げられ、大いに困惑した。

「切りつけ傷を舐め合う関係を過ちだと言うなら、元に戻せばいい。以前の――無垢で互いを慈しんでいた頃に」

「何をおっしゃって……」

どう考えても二人が昔のように戻るのは無理だ。今更どう頑張っても兄妹だった頃と同じになれるわけがなかった。

何も知らず家族だった平和は、完全に砕かれた。それこそ記憶を塗り替えでもしなくては、互いの間に生まれた確執を消せない。見て見ぬ振りができる小さな蟠りではなく、人生を揺るがす嵐に見舞われたのだから。

「もう兄妹には戻れません」

「ああ。だが他人にもなれない。僕たちの絡まった縁は、そう簡単に断ち切れるものではない。だったら――家族には戻れなくても、慈しみを思い出すことはできるはずだ。その上で新しい関係を築きたい」

荒唐無稽なことを言われていると思った。

そんなこと、奇跡でも起こらなくては無理に決まっている。記憶を消去するよりも不可能なのでは。

しかも何故ウォルターがここまでシェリルを引き留めたがるのかも分からない。彼は養父の葬儀の晩、あんなにもシェリルを追い出したがっていたのに。

何もかも理解できないことばかりで、混乱する。ひょっとして自分は寝惚けているのかとすら思った。

しかし向けられる視線の熱に、現実へ引き戻される。これは夢でも幻惑でもない。今まさに、ウォルターから重要な選択を迫られていた。

「新しい関係って……」

「もし僕らが傷つけ合わずに共にいる意味を見出せたら、兄妹でなくてもシェリルはここで暮らし続けるということでいいな？」

「え……っ？」

論理の飛躍に、何の話をしていたのか見失った。たぶん、煙に巻かれている。詭弁に翻弄され、言い包《くる》められようとしているのも分かっていた。

それでも強く反発できない自分が不可解だ。

議論になっていないと席を立ってしまえばいい。結論はもう出ている。今より憎み合う前に関わりを断てば全ては解決だった。

誰がどう考えても、それが一番平和的。致命傷を負わずに済む。

——分かっている。なのに、立ち上がれない。

足も手も力が入らず動けぬまま。さながらシェリルはウォルターに魅入られていた。見え透いた欺瞞《ぎまん》を拒めず、耳を傾けているのがその証拠。

シェリルの行動が遅れたことに勝機を見出したのか、彼は前のめりになりこちらの手を握ってきた。

ハッとして身を引こうとしても、もう遅い。捕らわれた左手を引き寄せられ、シェリルもテーブル越しに乗り出す形になった。

「……っ」

惑う視線をウォルターに向ければ、思いの外至近距離で彼と視線がかち合った。

「僕らの間に、また温かな思いがよみがえったら――新しく始められる」

何を、とは聞けずに喉奥で声にならない呻きが消えた。

こんな展開は微塵も予測していない。別れを告げ、多少説得に時間はかかっても必ず受け入れてもらえるものだと思っていた。

ウォルターも心の底では終わりを望んでいるはず。苦しいばかりの報復は、彼には似合わない。不毛な憎しみに支配されずにシェリルを捨て去ってこそ、ウォルターは柵《しがらみ》から自由に解き放たれると思ったのに。

「お、おかしなことを言わないでください」

「それはこっちの台詞だ。勝手に決めて自由になれると思うな。君の処遇に関する決定権は、家長である僕にある」

そう言われてしまえばぐうの音も出ない。今もまだ、シェリルは書類上ゴールウェイ伯爵家の娘。当主となったウォルターに従わねばならない立場だった。

「ご自分がめちゃくちゃなことを口にしているのに、気づかないのですか？」

しかし同意はできない。頷いてしまえば、全て台無しだ。再び先の見えない泥濘で二人揃って溺れていくしかなかった。

離れようとするほどに、力強く引き寄せられる。今やシェリルはテーブルに乗り上げ、彼の腕の中に囚われていた。

「……試してみる価値はある。もし何らかの絆をもう一度結べたら——家族ではなく、痛めつけるためでもなく傍に居る理由が見つかるかもしれない」

「探す理由がそもそもありません……っ」

「それもまた、これから見つければいい」

堂々巡りだ。何を言っても響かない。端からシェリルの言葉を聞く気がないのか、彼は摑んだシェリルの指先へ唇を落とした。

「……っ？」

あまりにもこの場に不釣り合いな優しいキス。

兄が妹を愛でるようにも、恋人が戯れるようにも見える柔らかな接触は、『愛人』には相応しくない。まして『人形遊び』とは完全に別物だった。

「ウォルター様……っ」

「試してみてやはり他の感情が生まれなければ、その時はシェリルを解放する」

解放するのは、こちらの方だ。彼を爛れた関係の連鎖から解き放ちたい。

――それなのにどうして、まるでウォルター様が私に縋るように言うの。必死に希《こいねが》われているのかと思いたくなる。

滲む執着心はシェリルの見間違い。勘違いすれば苦しみが増すだけ。何度も自分に言い聞かせ、『もしかしたら』を否定した。

――汚い私と同じ場所に、ウォルター様を引き摺り込みたくない。

口づけられた指先がジンジンする。熱はたちまち全身へ広がってゆく。さながら甘美な毒のように。蝕まれたら、助からない。

逃れようともがいていたシェリルの身体から、段々力が抜けていった。

「……逃がしたくない」

低く囁かれた言葉で背筋が震えた。恐怖からではなく、駆け抜けた愉悦で。いっそもっと強く拘束してほしいと願いそうになる思考を遮断することでしか、シェリルは自分を律する方法が分からなかった。

5　思い出をなぞる

真冬が訪れていたことを、ようやく実感した。

シェリルは冷たい風に揺れる枯れ枝を眺め、雪掻《か》きされた道を歩く。確かに部屋のストーブは焚かれていたし、用意される服もかなり厚手になっていたものの、随分長い間外出を許されなかったので季節の変化に鈍感になっていた。

こうして屋敷の裏山を訪れるのは、かなり久し振りだ。肌を突き刺す冷たい空気や、白く染まる呼気、踏みしめる地面と小枝の感触に、妙な感動を覚えるほど。

最後に冬山を駆け回ったのは、十二歳頃。傍には、帰省中のウォルターがいた。今はもう遠くかけがえのない思い出となったものを秘かに懐かしんだ。

「足は辛くないか」

「大丈夫です」

若干息が弾んでいるのは、部屋に引き籠っていた期間が長く運動不足が否めないせいだ。それでも若さで補い、シェリルは前を行くウォルターの背を追った。

「――手を」

振り返った彼がこちらに右手を伸ばしてくる。

一瞬躊躇った後、シェリルはそっと自らの手を重ねた。手袋越しにほんのりとした温もりが伝わってくる。寒さでかじかんでいたはずの指先が火照り、掌が汗ばんでしまったのを知られないことを祈った。

互いに子どもだった頃には、よくこうして手を繋いで歩いたものだ。とは言っても、当時シェリルは八歳。そろそろ幼女扱いは恥ずかしく感じる年頃。しかも相手が十一歳の美しい少年となれば、余計に羞恥心が刺激された。

もじもじと躊躇ってしまったのは当然の成り行き。だがいつもにこやかに手を引いてくれるウォルターの存在が、どれだけ嬉しかったことか。

ここにいていいのだと認められた心地がして、シェリルは救われた。

今と比べれば小さかった彼の手が、あの頃はとても大きく感じられたのも輝かしい思い出だ。

雷に怯えた夜も、ウォルターが眠るまで付き添ってくれた。大丈夫だよ、と優しくシェリルの髪を撫でながら。

心擽られる追憶に、切なさが込み上げた。

ウォルターによる奇妙な『お試し』発言から数日。シェリルたちは屋敷の裏山を登っていた。しかし山と言ってもさほど標高はない。勾配は緩く、頂上を目指すのでもなければ子どもの足でも気軽に散策できる程度のもの。

かつての二人も、ここでよく遊んだ。正確には、シェリルがウォルターに遊んでもらった。

秋には落葉を拾い、冬には雪玉を作り、春には花を摘みに。沢山の思い出が詰まっている。もうあれから年月が経って樹々が育ち、多少景色は変わったが、大まかな印象は変わらない。

こうして一緒に歩くだけで、シェリルは不可思議な胸の高鳴りを抑えられなかった。

——大きな洞《うろ》があるあの木……まだあったのね。

大木が枯れずにすっくと立っていることにホッとする。よそ見した拍子にシェリルの足並みが乱れ、繋いだ手を軽く引かれた。

「……疲れたのか」

振り返った彼の言葉は短く、抑揚が乏しい。それでも冷静さを装う眼差しは不思議と温かかった。

「いいえ。あの木に毎年鳥が巣を作っていたなと考えていました」

「ああ……そういえば」

ウォルターと一緒に鳥の成長を見守ったのは、たった一度。だが彼が覚えてくれていたことが殊の外嬉しい。その翌年も、更に次の年も、シェリルはウォルターとの思い出をなぞるように一人で毎年巣を観察してきた。

だからといって、何があるわけでもない。ある意味、無為な慣習。

けれど彼が何気ない過去を忘れずにいてくれただけで、色々なことが報われた心地がした。

——ウォルター様は、私たちが傷つけ合わず共にいられる意味を見つけられたら——とおっしゃっていたけれど、いったいどういうつもりなのかしら……

何度考えても、不可能という答えしか見つからない。

壊れてしまったものは元には戻らないし、全てなかったことにするには、二人の間の溝が深過ぎた。世の中には、いくら悔やんでも取り返しのつかないことがある。

シェリルとウォルターを隔てる壁は、そういうものだ。

今更取り除けないし、崩してしまえば関係そのものが破綻する。このまま互いに背を向けて歩み去るのが唯一の正解。

なのに何故、手を取り合い二人揃って同じ方向を目指しているのか。

この状況が未だに理解できず、シェリルは油断すると滑る足元に意識を集中させた。

冬でも、今日は降り注ぐ日差しのおかげで、動いていると汗ばむ程度には温かい。穏やかな気候は、殺伐《さつばつ》としていた空気を和らげてくれる。

今朝突然ウォルターに『裏山へ行こう』と誘われた時には何事かと思ったが、こうして身体を動かせば、純粋に気分が晴れた。

——部屋の中に籠りきりだと、視野が狭くなるのかもしれない。

新鮮な空気を吸い、ひたすら足を前に出していると、鬱々と思い悩む時間が減ってゆく。日の光を浴びるのも気持ちがいい。

こんな感覚を久しく味わっていなかったことも、シェリルは失念していた。

——だけどこれで、何が変わるのかしら？

懐かしさで胸が締め付けられるだけだ。彼の言う、『何らかの絆』が何なのか、シェリルにはさっぱり分からなかった。むしろ互いに傷を抉るだけに思える。

「着いた。ああ——よかった。ちゃんと凍っている」

やがて到着したのは小振りな湖。透明度が高く、暖かな時期は釣りも楽しめる。冬には歩いて向こう岸まで渡れる分厚い氷が張る、風光明媚《ふうこうめいび》な場所だった。

シェリルが真冬にここまで来たのは、七年振りか。流石に一人では味気なく、冬枯れの湖へ足を運ぶ気にはなれなかった。

当時は凍った湖を見るのも楽しく、氷が作る美しさに歓声を上げ、そして——

「スケート用の靴も用意してきた」

大きな荷物を抱えているとは思っていたが、まさか彼が二人分の靴を持参しているとは想像もしていなかった。

鞄の中から取り出されたのは、金属製のブレードと一体化した靴。ブレードを後から括りつける仕様でないのは、最新型だ。シェリルは目にするのが初めてで、しげしげと眺めてしまった。

「わざわざ作らせたのですか？」

「こちらの方が滑りやすいらしい」

問題はそういうことではないのだが、勧められるまま靴を履き替えると驚くほどサイズがピッタリだった。しっくりと足に馴染んで動きやすい。まさにシェリルのために作られたものだと分かる。

これまで沢山の可愛らしく洒落た靴を贈られてきたが、それらとは違い用途の限定されたもの。言外に『一緒に遊ぼう』と誘われているのが伝わってきて、むず痒い気持ちになった。

——昔に戻ったみたい。でもいつの間に用意してくださったのだろう。

「スケートはもう何年もやっていません。きちんと滑れるかしら」

「他の者とはやらなかったのか？」

「私と遊んでくださったのは、ウォルター様だけですよ。メイドが付き添ってくれても、怪我をする可能性があることは許可されませんでした」

傷を負っては駄目だと養父に厳しく言われていた。使用人たちもそう命じられていたのだと思う。

危険があると判断されたことはすべからく遠ざけられるのが当たり前だった。思い返せば、寂しい幼少期だ。

綺麗でいることばかりを求められていた過去が過り、シェリルは記憶を振り払うために勢いよく立ち上がった。

「おっと」

細い刃で氷の上に立つと、不安定によろめく。彼がすぐ支えてくれたが、まず体勢を維持するのが難しかった。昔はもう少し余裕をもっていられた気がする。けれど今は、へっぴり腰で転がらずにいるのが精一杯だった。

「危なければ、僕に寄り掛かって。まずは重心を意識すればいい」

「あ、ぁ、勝手に足が滑って……」

変に踏ん張ろうとすると、ブレードが氷を滑る。情けない姿勢になるシェリルとは対照的に、ウォルターはスケート靴を履いていても平然と立っていた。

微塵も揺らがない身体にしがみつき、シェリルはどうにか身体をまっすぐ起こす。一瞬気を抜いただけでもひっくり返りそうで、彼から手を放すことはできなかった。

「う、動かないでください」

「子どもの頃は滑れていたじゃないか」

「そんな昔のこと……今とは身長も体形も違います」

それに当時はウォルターが手を引いてくれていた。しかし流石に『今も同じようにやってくれ』とは言えない。

しかも幼い頃は転ぶことに恐怖が薄かったが、大人になった現在は尻込みする。痣ができるだけならまだしも、骨折などすれば一大事だ。かつてよりも俊敏さをなくし重くなった身体を持て余して、シェリルは草地に戻ろうと振り返った。

けれど優雅に笑う彼に湖の中央へ引っ張られ、岸辺は遠退いてしまう。これでは自力で戻るのが難しい。焦るあまりシェリルは一層ウォルターに縋りついた。

「きゃ……っ」

何故自分は僅かでも『スケートくらい今だってできるかも』と思ってしまったのだろう。自分を過信するにもほどがある。

遥か昔滑れたからと言って、今もできる保証はないではないか。そんなことを考えもせず、促されるまま靴を履き替えてしまった。彼の甘言に乗せられたと言ってもあながち間違いではない。

できないと言えば終わりだったのに、諾々と従っている自分が信じられなかった。

——いえ、問題は今日のスケートだけではなく、ウォルター様のよく分からない提案に乗った形になっていることだわ。

過去をなぞる行動に、何の意味があるのか。

実質的には、いい年をした大人が遊び惚けているだけだ。ただでさえ多忙な彼が昼間時間を捻出するには、相当無理をしたはず。そんな暇があるのなら、もっと休んでほしいのがシェリルの本音だった。

――結局ウォルター様を、私がより大変な目に遭わせているだけなのでは……

こんなことをしても、拗れてしまった事態は好転しない。重ねた時間が濃密であるほど、毒が濃くなり全身に回る。そうとしか思えないシェリルは、うっかり弾みそうになる心を戒めた。

――楽しいなんて感じては駄目だ。

向かい合った状態で手を取られ、彼は後ろ向きで滑り出す。当然繋いだ手に引かれてシェリルは前に進んだ。

「きゃ……っ」

「大丈夫。そのまま」

歩くのとはまるで別物の疾走感が懐かしい。風を切る感覚が気持ちよく、初めはおっかなびっくりで足元しか見られなかったシェリルの目線が、段々上がり始めた。

滑らかな足さばきのウォルターの膝から腰へ。そこから更に上がり胸板付近を。もっと慣れてくると、いつしか視線が絡んでいた。

「……っ」

注がれる眼差しの柔らかさに、胸が掻き乱される。

とても平然とはしていられない。色々な感情が一気に湧き、どんな顔をすればいいのか見失う。

わざとらしく目を泳がせることもできず、数秒間。

くるりと回り止まったのは、湖の真ん中だった。

ここからでは、たとえ這ってもシェリルが一人で岸へ戻るのは大変だろう。もしも彼に手を振り払われ置き去りにされたら、困る。そう言い訳して、握る手に力を込めた。

「……昔はどちらが速く滑れるか、競走したな」

「ウォルター様の方が速いに決まっているじゃありませんか」

「勿論こちらの距離を長くする差はつけたじゃないか」

笑う彼は、夜に見せる鋭さがなかった。本当に何も知らなかった頃のよう。明るい日差しの下で、煌めく双眸は昏い陰りを宿していない。

朗らかで眩しい、シェリルが大好きだったウォルターそのものだった。

——無理だ。兄妹にも戻れないのに愛しさばかり募って辛い。

これでは新しい関係性なんて築けるとは思えなかった。どうあがいても、苦しさが増すだけ。

もしやそれこそが彼の狙いなのかと疑心暗鬼に囚われる。シェリルを甚振るために、新

しい方法として一見平和な時を夢見させているのではないかと。

そうやって心に鎧を装備しなくては耐えられないくらい、ドキドキと胸が高鳴る。

全力で身構え、警戒心を張り巡らせてやっと、仮初の冷静を保てた。

――だって、楽しい。

純粋にワクワクする。再び彼と共に滑り出し、周囲の風景へ視線をやる余裕も出てきた。

樹に積もった雪が落ち、キラキラと光を反射する。野兎がひょこり跳ねていった際には、思わず歓声を上げた。

透明度が高い湖だからか、場所によっては凍っていても水中がよく見える。その上を滑走すると、まるで浮遊しているみたいでつい頬が綻んだ。

「ふ……ふふふ。すごい」

以前より、おそらくウォルターのスケートは上手くなっている。シェリルを連れ自由自在に滑ってくれた。無理なく弧を描き、方向転換するのもお手の物。かと思えば勢いよく旋回し、ちょっとした刺激も味わわせてくれる。

その度に悲鳴やら笑い声やらを漏らさずにはいられない。

子ども時代が鮮やかによみがえる。いやそれを凌駕する充実の時。

楽しい時間はあっという間に過ぎ、気温が落ち始めるまで、シェリルは夢中でスケートを楽しんだ。

「……そろそろ帰ろうか。あまり遅くなると心配される」

「そうですね。とても疲れました」

名残惜しく感じたことは押し隠し、シェリルは俯いた。目を合わせたら、本心が駄々《だだ》洩《も》れてしまいそう。言ってはいけないことを吐露してしまいかねず、口数を減らした。

岸辺に向かい手を引かれ、複雑な気持ちを整理できない。

このよく分からない時間は無意味だと思いながら、まだ終わりにしたくないと願っていた。自分でもどう処理すべきか決められず、繋いだ手の温もりだけが生々しい。

確かなのはただ一つ。

シェリルがよりウォルターへの恋心を自覚したこと。そしてそれが二人の仲を破綻させるに違いないという事実だった。


五日後、シェリルとウォルターは共に厩舎を訪れた。ここへ二人で足を運んだのは、もう何年も前。

ちなみにスケートの翌日から天気が悪かったこともあり、数日間室内で過ごした。ただしこれまでのように不健全な『遊戯』にかまけていたのではない。

彼の提案で、急な演奏会が開催されたのだ。

二人きり、シェリルはピアノを。ウォルターはヴァイオリンを。

養父の意向で音楽も嗜みの一つとされ、必死に学んではいた。だが得意とは言えないシェリルに対し、ウォルターは相変わらず聞き惚れるほど上手い。途中、自身の至らなさが恥ずかしく、シェリルは何度も椅子から立ち上がろうと思った。けれど最後まで弾き終えたのは、彼がどこか満足げだったからだ。

その次の日には、並んで絵を描いた。同じ静物画を仕上げる間、特に会話はなく、それでいて気まずさもない時間が不思議だったのが印象深い。筆を滑らせる音が響く空間に安らぎを感じた理由は、シェリルにも謎だ。

更に四日目にはダンスの練習をした。流石にそれはと思い、シェリルが難色を示すと、以前は帰省する度に練習に付き合ったじゃないかと言われ押し切られた。とはいえ密着し、足の運びを教えてもらったのは、遠い昔。当時はただひたすら楽しくて、笑い声が絶えなかったことを覚えている。

だが今回は途轍もなく緊張し、何度ウォルターの足を踏んでしまったか分からない。その都度蒼白になってシェリルは謝ったが、彼は終始ご機嫌だった。

それらのどれもが、過去を振り返る行為だ。

子どもだった頃を思い出し、なぞるよう。一つ一つ丁寧に。

そうして本日が五日目。乗馬用の服を纏ったウォルターに連れ出されたシェリルは厩舎を訪れていた。

連日続けてシェリルが部屋の外へ出てきたことに、使用人は大層驚いたようだ。てっきりウォルターに冷遇され、閉じ込められていると噂していたところに、仲違いしている様子がない二人が一緒に行動しているものだから、誰もが目を疑ったらしい。

シェリル自身、現実感は希薄なままだ。

一日だけならウォルターの気紛れと捉えられたかもしれないが、五日連続となると彼の真意を探らずにはいられない。それにウォルターの時間を搾取しているようで、落ち着かなかった。

「……お仕事は滞っていませんか」

「どちらかと言うと、これまで働き過ぎていた。父上から引き継いだことが一段落し、休養を取る丁度いい機会だ」

そう言われると、今までの彼が多忙過ぎたのは事実だ。もっと休んでほしいと常々感じていた手前、仕事に戻った方がいいとはとても言い出せなかった。

──でも貴重な休みを私に使う必要はないのに。

厩舎を訪れた理由は、当然馬を見るため。ゴールウェイ伯爵家は賢く立派な馬を何頭も所有している。その中にはシェリルがここへ引き取られた当初から飼育されている馬もいた。

「懐かしいな、久しく顔を出していないのに、僕を覚えてくれているのか？」

ウォルターを見た数頭が、嬉しそうに首を振る。

子どもの頃は、厩舎の中も二人の遊び場だった。生き物は見ていて癒されるし、彼は子どもながらに乗馬が上手く、よくシェリルを一緒に乗せてくれた。

厩舎からシェリルの足が遠退いたのは、ウォルターが寄宿学校へ行ってしまったから。一人では馬に乗れず、養父もいい顔をしなかったせいで、いつしかここへはこなくなった。

だから馬たちもシェリルの顔は覚えていないだろうと思ったのだが。

昔からいる一頭が、こちらに鼻を寄せてきた。シェリルは初め驚いたものの、馬の優しい瞳に警戒心はたちまち解ける。おずおずと手を伸ばせば、栗毛の馬は大人しく撫でさせてくれた。

「シェリルを覚えているみたいだ」

「記憶力がいいのですね……」

「馬はとても利口だし、人の感情を読み取る。昔シェリルが優しく接したのを、忘れていないんだろう」

——それはウォルター様も昔の私を覚えているという意味……？

そして優しかったと言ってくれているのか。

他愛もない一言で、胸が苦しくなる。深読みし、期待してしまう自分がままならない。

この五日間は、感情が乱高下しっ放しだ。いや実際には、それ以前から。彼が戻ってきて以来、シェリルの日常が平板だったことはない。常に想定外の方向へ舵を切られ、目的地も見失っている始末だった。

――過去の思い出に胸を抉られる。

懐かしくて、切ない。変わらないことを見つける度に心が締め付けられ、変化に気づいて騒めく。いったいどうしたいのか、どうするべきなのか我がことでも判然としない。終わりを見据えていたのに、シェリルはもはや自分がどこへ向かっているのかも分からなくなっていた。

「久し振りの晴天だ。今日は馬を走らせてみよう」

その提案に心躍らないと言えば嘘だ。ウォルターとの乗馬はきっと楽しい。けれどだからこそ、躊躇いもある。このままでいいのか、迷い続けるシェリルは即答できずに黙り込んだ。

――この五日間、ウォルター様は私の部屋にいらっしゃらない。

眠る時はそれぞれの寝室。深夜の来訪はピタリと途絶え、淫らな接触は完全に絶えた。精々ダンスの際に腰を抱かれただけ。

これまでとの差で、困惑する。ある意味シェリルの望んだ結果とも言えるのに、一人寝が寂しく戸惑っているのは愚かだった。

——それもこれもウォルター様の計算のうちなのかしら。だったら私はまんまと踊らされている。

試す真似などしなくてもいいのに。彼が苦しまない限り、シェリルはウォルターからのどんな仕打ちにも耐えられる。たとえ辛い目に遭わされても、傍に居られることに喜びがあった。

——私がちっとも傷ついていないと知ったら、ウォルター様はどうされるのかしら？

「シェリル？」

物思いに耽っていたシェリルの視界が、彼で一杯になる。反応しないシェリルを不思議に思い、覗き込んできたらしい。

突如澄んだ茶色の双眸に見つめられ、シェリルは我に返った。

「ぼうっとして……どうかしたのか？」

「え、いいえ。少し考え事をしていただけです」

どうかしているのはおそらくウォルターの方だ。この五日間、明らかに彼の言動はおかしい。こんなことを続ける意図がさっぱり分からず、不安になる。

時間の無駄だと思いつつ拒めないシェリル自身も、もどかしさを助長していた。

「そうか。体調が悪いのでないなら安心した。雪が不安なら、あまり積もっていない辺りに行こう」

ウォルターが使用人に命じて馬の準備に取り掛かる。もう彼の中ではシェリルと馬で出かけることが決定事項らしい。

口を挟む隙がなく、シェリルが厩舎の片隅に佇んでいると。

「やっと見つけたぞ、ウォルター！　お前いったい何をやっているんだ！」

怒声と共に現れたのは、養父の埋葬以来顔を合わせていなかった叔父だった。あまりにも突然大声を出すものだから、馬たちが驚いている。だがそんなことは微塵も気にせず、叔父は荒っぽい足取りで厩舎へ入ってきた。

「叔父上、どうされましたか。そのように興奮されては、馬たちが怯えます」

「どうもこうもあるか。お前、アブダーソン校から手を引いたらしいな。いったいどういうつもりだ。あそこは代々我が家が支援をしてきた歴史ある学び舎だ。問い質《ただ》そうにもこの数日、全く姿を現さないから私自らこうして足を運んだのだぞ！」

「ああ、その件でしたら、利益も上がらないのに、慣例だからとダラダラ金を出す必要はないと判断しました。それよりも才能ある平民たちが学べるよう、奨学金設立に回した方が有意義です」

「な……っ、だがあれは貴族の結束を図るため、ゴールウェイ伯爵家がずっと中心となって……！」

怒りのあまり真っ赤になった叔父は、今にもウォルターへ摑みかからん勢いだった。

聞き分けの悪い甥っ子に、心底腹を立てているらしい。手にしたステッキで殴りかかってくるのではと思い、シェリルはハラハラしながら彼らを見守った。

確か、養父が援助していた学校には『貴族令息を優遇する』と堂々と掲げているところもあったはず。それ自体は、特に珍しい話ではない。むしろ平民は入学を許されただけ感謝しろと言わんばかりの風潮だからだ。

その中でもゴールウェイ伯爵家が多額の寄付をし、相談役を代々務めているのがアブダーソン校だ。当然、発言権は絶大なもの。多くの貴族令息が通うので、卒業後も影響力と繋がりは途切れない。

貴族社会においてゴールウェイ伯爵家が高い地位を築いているのは、それが大きな要因でもあった。

「遊び惚けてろくに勉強もせず、親の力でやっと卒業させてもらう輩よりも、成績優秀な努力家が優遇されるのは当たり前のことでしょう。その方がよほどこの国の力になります。父上は平民も入学できるよう規則を変えましたが、僕はその先を見据えたまでです」

「き、貴様正気か」

「残念ながらアブダーソン校ではこの考えを理解されなかったので、僕の理想に共感してくれた別の学校へ寄付を変えました」

淡々と語るウォルターは憤怒の表情を浮かべた叔父に、まるで怯まない。それどころか軽くあしらっている風情もある。

シェリルの見間違いでないのなら、彼から滲む空気は叔父に『早く帰れ』と告げていた。

「それがどれだけ我が一族に不利益を生むと思っているのだ！」

「不利益？　ああ、叔父上の口利きで来年ブリッツ伯爵家の息子が試験なしの入学を約束されているのでしたっけ。彼は素行が悪く、ご両親も持て余していると専らの噂ですね。今年我が家が寄付を取りやめたので、その話が流れた件でしょうか？」

穏やかな口調で並べ立てられたのは、棘《とげ》だらけの内容だった。

不正が横行しているのはシェリルも知っていたが、流石に呆れる。そもそも莫大な寄付をしていたのはゴールウェイ伯爵家であり、叔父ではない。それなのにちゃっかり自分の手柄のように振る舞って、あまつさえ勝手な約束まで取り付けていたとは。

おそらく見返りも受け取っているだろう。

ゴールウェイ伯爵家の名を笠に着て、随分好き放題していたのは、容易に想像できた。

「お前は横の繋がりや根回しを理解していないのか。勝手な真似をして、許されると思うなよ、若造が！」

「ブリッツ家令息の件でしたら、叔父上ご自身が寄付の穴埋めをなされば解決するのではありませんか？」

それができればとっくにしていることは、シェリルにも予想できた。つまり、痛烈な皮肉だ。叔父に到底捻出できる額ではない。

恥をかかされた叔父は、一層顔を茹らせた。

「こ、この……っ」

「お話がそれだけでしたら、どうぞお引き取りください。僕は休暇中です」

「兄上の偉業に傷をつけるつもりか。息子のお前が馬鹿な選択をすれば、兄上の名も泥を被るのだぞ！」

父親を引き合いに出されたことで、馬の手綱を握っていたウォルターの手が一瞬止まった。

しかしそれは刹那のこと。

瞬きした後には、落ち着いた様子で叔父へ視線を向けた。

「……父上は身分に関係なく、志さえあれば誰でも能力を発揮できる世を目指していたのではないですか？　少なくとも僕はそういう理想を追い求めていたと信じています。平民たちの不満を逸らし、称賛を得るための見せかけではなく」

感情の読めないウォルターの眼差しは、冷静だった。この場で苛立つ叔父が滑稽に見えるほど、二人の差異が浮き彫りになる。下手に口を挟めないシェリルは、両者の間で視線を往復させた。

――どうしよう。止めた方がいいのかしら……でも叔父様は私を嫌っている。しゃしゃり出れば、尚更気分を害されるかもしれないわ。

厩舎に来て以来、叔父は一度もシェリルに視線一つ向けない。敢えて視界に入れまいとしているのは明白だった。

シェリルの存在が忌々しく思われているのは、いつものこと。無視することで叔父は己の矜持を保っているのだろう。

だがそんな自分こそがウォルターに相手にされていない現実に気づいたらしく、叔父の頬肉がブルブルと震えた。

「……ウォルター、お前は母親も貶めていると分かっているのか。アブダーソン校はもともと王家が設立した――」

「そこまでです、叔父上。僕は以前忠告しましたよね？　その件は貴方が口にしていいことではないと。もしや忘れてしまいましたか？　耄碌《もうろく》されたのなら、速やかな引退をお勧めいたします」

「な……っ」

あまりにも直球の罵倒に叔父の目の色が変わった。更に握りしめたステッキが素早く振り上げられる。

血走った眼が捉えるのは、会話を終え背中を向けたウォルター。

シェリルは考えるよりも先に、二人の間に飛び込んだ。

「ウォルター様！」

ステッキが勢いよく振り下ろされる。邪魔が入り、軌道は僅かに逸れた。だがシェリルへの直撃は免れない。殴打に備え、目を瞑って身を固くした。

――殴られる……！

ガッと鈍い音と衝撃が走る。

けれど、いつまで待っても痛みは訪れなかった。それどころか何か温かなものに包まれている。

シェリルが恐々瞼を押し上げると。

「ウォルター様……っ？」

守るはずだった人に抱き抱えられ、シェリルは無傷だった。ただし背後から覆い被さるようにシェリルを庇《かば》った彼の額からは、鮮血が流れ落ちているではないか。

「こ、小癪《こしゃく》な……っ」

叔父の身長や体格を考えれば、初めからウォルターの頭を狙うつもりはなかったのかもしれない。おそらく肩や背中を打擲《ちょうちゃく》する腹づもりだったのか。けれどウォルターの体勢が変わったことで、想定外の場所を殴ってしまった。

その事実に焦っているようで、赤かった叔父の顔色は青へと変わりつつある。そして動揺の矛先はシェリルへ向けられた。

「おっ、お前が余計なことをするから……！　責任は取ってもらうぞ！」

叔父は全ての責任をシェリルへ擦《なす》り付けるつもりなのか、口角泡を飛ばして虚勢を張った。

だがそんなことに付き合っている場合ではない。責めを負えと言うなら、喜んでする。

しかし今一番重要なのは、ウォルターの怪我の具合だった。

「ウォルター様、すぐに人を呼んで参ります。こ、これで傷を押さえて、座っていてください」

持っていたハンカチを彼の傷口に当て、その場に腰を下ろすよう促す。

服が汚れてしまうだろうが、気にしていられない。やや眩暈があるのか、彼はよろめいて座り込んだ。

白いハンカチがたちまち赤に染まってゆく。出血は止まる気配が微塵もない。叔父のステッキは先端が金属製になっており、かなりの衝撃があったに違いなかった。

「わ、私に責任はないぞ。そもそもお前たちが動かなければ、こんなことにはならなかったんだ。それにウォルターの愚行を諭すのは、年長者である私の務め……」

「助けを呼ぶ気もないのなら、静かにしてください！」

横で騒ぐだけならまだしも、無意味な自己弁護を聞いてやる余裕はなかった。

いつも大人しかったシェリルの怒声に驚いたのか、叔父は瞠目し硬直している。けれどそんなことは一切顧みず、シェリルはウォルターの様子を確認した。

——前髪の生え際近くがざっくり切れている……まさかこめかみに当たった？

こめかみは急所の一つだ。頭を殴られただけでも大変なのに、万が一もっと深刻な場所を殴打されていたなら、大事になる。後々何らかの影響が出かねない。

シェリルは震える指先で、懸命に止血した。

「今すぐ医者を呼んできます」

「大丈夫だ。この程度、放っておけば血は止まる」

そんなわけがないと素人目にも分かった。夥《おびただ》しい出血が治まる気配は微塵もない。その上彼の体温が下がり始めていた。顔色は白く、震えている。視線はどこか茫洋とし、明らかに尋常ではない事態だった。

「絶対に治療が必要です。すぐ戻ってきますから……！」

立ち上がりかけたシェリルの腕をウォルターが摑む。力は弱々しい。それがより、シェリルの不安を煽った。

引き留めようとしているのは、親族同士のいざこざが露見するのを忌避しているからなのか。確かに叔父と甥が暴力沙汰を起こしたとなれば、醜聞は免れないかもしれない。

当主が代わったばかりの家で起こった騒ぎを、面白おかしく噂されるのは目に見えていた。

「外聞を気にしている場合ではありません。とにかく傷を塞がないと――」

「外聞なんてどうでもいい。それよりここにいろ」

「人を呼びに行くだけですから、時間はかかりません。ですから待っていてください」

「……どこにも行かないでくれ」

吐き出された囁きは、あまりにも小さい。掠れて、馬の嘶《いなな》きに呑まれた。よく耳を澄ませていなくては、シェリルも聞き逃してしまっただろう。

けれど必死な様子で紡がれた言葉を、シェリルの耳が拾った。縋るように真剣で、切実さを帯びた、真摯な声を――

「……ずっと、僕の傍に居てくれ……」

座ったウォルターの上体がぐらりと傾ぐ。呼吸は乱れ忙しい。慌てて抱えたシェリルに寄りかかり、彼は意識を喪失した。


頭部に包帯を巻かれ、ベッドに横たわるウォルターは痛ましい。

絶対安静を医師に申し付けられたが、彼の意識は未だ戻らなかった。

厩舎で叔父と揉めた後、シェリルの悲鳴で駆け付けた馬丁《ばてい》によりすぐさまウォルターは邸内へ運び込まれ、医師が飛んできて、今に至る。

頭の傷は、出血の割に深いものではなかったらしい。しかし打ち所がよくないようで、油断は禁物だとも告げられた。

一晩様子を見る必要があると医師が言い、シェリルが付き添っている。本来であればメイドの役目だが、彼がこちらの腕を摑んだまま放さなかったのと、シェリル自身が懇願したことで、そう決まった。

シェリルとしても、ウォルターの寝室から排除されずに済んで、ホッとしている。もし付き添いを許されなかったら、不安と後悔で押し潰されていただろう。

――私が後先考えず行動しなければ、彼がこんな大怪我を負うことはなかった。精々打撲程度で終わった気がする。

だとしたら、事態が悪化したのはシェリルの責任だ。まさに叔父が言った通り。余計なことをしでかしたために、大切な人が血を流すこととなって、いっそ消えてなくなってしまいたい。

自己嫌悪は凄まじく、何度屋敷から出ていこうとしたことか。

その度に思い止まっているのは、ウォルターが意識を失う前に『ずっと、僕の傍に居てくれ』と口にしたからだ。それがなければ、シェリルは自責の念に堪え切れず逃げ出していたかもしれなかった。

当主であるウォルターが大怪我を負い、邸内はバタバタしている。ただ、彼の部屋の周りだけは、奇妙な静けさを保っていた。

──このままウォルター様が目を覚まさなかったらどうしよう……

叔父は騒ぎに乗じて、いつの間にか姿を消していた。大方、騒動が大きくなり恐れをなしたと思われる。責任を追及されないよう無関係を装い、案内した使用人に口止めしたというから驚きだ。当然、甥の怪我について心配する素振りもなかった。

叔父の身勝手な保身には思うところがある。だが今のシェリルに叔父を気にしている余裕はなかった。

ウォルターのことで手一杯。他は欠片も気に留められない。

眠る彼を見守り、顔色の変化や呼吸の乱れに全力で意識を集中させていた。

今後、熱が上がる可能性が高いらしく、いざという時のために氷は用意してある。今が真冬であるのが幸いだった。

さりとて現時点で身体を冷やすのもよくないようで、何度も布団をかけ直さずにはいられない。

合間に濡らした布でウォルターの唇を湿らせ、しつこいくらいに彼の体温を測った。

何かしていなくては落ち着かない。時刻はもう真夜中だが、シェリルに眠気は一切訪れなかった。

──ウォルター様……どうして私を庇って……そういう誰に対しても優しく公平なとこ

ろは、昔と全く変わらないのですね……

彼の寝顔が穏やかなことだけが、せめてもの救いだ。

シェリルの腕を握ったままのウォルターの手に、逆の手をそっと添えて彼の回復を祈る。

ウォルターが無事目を覚まし、障害が残らなければ、もう他に願うことは思いつかない。代償がいるのなら、シェリルが何でも捧げる。それこそ命すら、惜しくなかった。

――私はやっぱりウォルター様が好きだ……

兄としてではなく、一人の男性として。

だからこそ、関係を築き直すのは無理だと言わざるを得なかった。もしもこの先二人の仲が改善し、互いに傷つけ合うことなく傍に居る理由が生まれるとしたら――それは結局のところシェリルを苦しめる。

世間的に許されない想いを燻らせ、恋慕を一生隠して押し殺し続けるのに他ならなかった。

――ウォルター様が穏やかな関わりを私に望んでくださるなら、どうしたって離れる以外方法はない。

憎まれなくては傍に居られないなんて、皮肉な話だ。けれどそれが現実。

兄妹に戻れないなら、疎遠になる。彼を解放するには、シェリルが選べる道は一つだけ。

もうこれ以上ウォルターを苦しめないためにも、時期を早めるべきかもしれない。

──彼の怪我が完治したら──いいえ、意識が戻る前に立ち去った方がいい？　でもウォルター様が回復されるまでは、お世話したい。

そう考えると、無意識にシェリルの重ねた手に力が籠った。

「ん……」

「あ……ウォルター様、目を覚まされましたか？」

思ったよりも力が入ってしまったのか、彼が眉を顰《ひそ》める。茶色の双眸がゆっくり開かれるのを、シェリルは息を凝らして見つめ続けた。

未だ焦点が合わない瞳が、ぼんやり天井に向けられている。数度瞬きし、曖昧だった眼の光が次第にハッキリとしたものへ変わった。

「ここは……」

「頭に怪我をされたのです。痛みますか？」

叔父に殴られたとは説明できず、シェリルはウォルターの顔を覗き込んだ。あまり一気に情報を与えては彼が混乱しかねない。まずは傷を癒すのを最優先にしてほしい。そのため無用な心労をかけないよう、努めて穏やかに問いかけた。

「シェリル……」

ウォルターの寝室にシェリルがいるのが不思議なのか、彼は虚を突かれた顔をした。そのあどけなさに胸が締め付けられる。愛おしさが溢れ、上手く作り笑いができなくなった。

「水を飲みますか？　あ、それよりも医者を呼びましょうか」

「……いや、どちらも必要ない。それより——叔父上は？　シェリルはどこも怪我をしていないか？」

どうやらウォルターは傷を負った経緯を覚えているらしい。シェリルを庇って叔父に殴られたことも全部忘れていなかった。

「わ、私は平気です。ウォルター様が守ってくださったので……」

「もとはと言えば、君が僕の身代わりになろうとしてくれたんじゃないか」

出しゃばるなと言われる覚悟も固めていたので、労わりの滲む言葉に感激した。彼は、シェリルを疎んでいない。面倒なことをしたと怒るつもりもないのが伝わってきて、図らずも泣きたくなった。

潤んだ瞳を隠そうとしてシェリルが手を動かし、そこで初めてウォルターは自分がこちらの腕を握ったままなのに気づいたようだ。驚いた表情でようやく放してくれた。

「すまない……不自由だっただろう」

「い、いいえ。気にしないでください」

気まずくはないものの、返すべき言葉が見つからず言い淀んだ。二人共無言になれば、沈黙が押し掛かる。

彼が眠っている時には意識しなかった静寂が、急に室内を重苦しい空気へ変えた。

「……あの後、叔父上に不愉快なことを言われなかったか？」

しばしの緊張感の後、ウォルターがぼそりと問いかけてきた。単純に叔父の動向を気にかけているのか、それともシェリルを案じてくれているのか――瞬時に考えてしまう自分の厚かましさが浮き彫りになる。

内心の葛藤は表に出さず、シェリルは静かに首を横へ振った。

「何もありません。その、いつの間にか帰られたようです」

「逃げたんだな。いかにも叔父上らしい。だがこの件はきちんと贖《あがな》ってもらう」

鼻で笑った彼が自身の額に触れ顔を顰《しか》めた。やはり痛みがあるのだろう。シェリルは医師から念のために預かっていた薬を取り出した。

「痛みを和らげる薬です。飲みますか？」

「いや……それは以前飲んだ時にひどく眠くなった。まだ充分耐えられる痛みだから、いらない」

「眠れるなら、その方が傷の治りが早まるのではありませんか」

身体を休ませた方がいいに決まっている。痛みや熱で眠れないより望ましい。

眠気が訪れるなら、願ったり叶ったりではないか。そう考えたシェリルは首を傾げた。

「……せっかくこうして君が付き添ってくれているのに、眠ってはもったいない。……昔は風邪を引いたシェリルを僕が看病したこともあったな」

ほんのりと頬を赤らめたウォルターが小声で漏らす。

まるで恋人同士の甘い台詞にシェリルは瞠目した。

彼の醸し出す空気も柔らかく、もしや自分に都合がいい夢でも見ているのかと思う。それとも頭を殴られたことで、ウォルターの言動に支障が出ているのか。

――この家に引き取られたばかりの頃、高熱を出して寝込んで、目を覚ますたびにウォルター様が傍に居てくださったのが心の底から嬉しかった。ウォルター様もいい思い出として覚えているの……？

どちらにしても、通常ならあり得ない穏やかな空気に戸惑う。

いくらこの五日間、彼がシェリルに歩み寄りを見せてくれていても、とても現実とは信じられなかった。

「あの……やっぱり医師に診てもらいますか？」

「明日の朝診察してもらえば大丈夫だ。それより……こんな面倒事に巻き込まれても、僕が意識を失っている間に逃げようとは思わなかったんだな」

「それは……」

言われてみればできなくはなかったし、一瞬も考えなかったとは言い切れない。混乱の最中なら、シェリルが荷物を纏めて屋敷を抜け出しても、誰も気に留めなかった可能性が高い。

だがシェリルは己の意思でウォルターの傍を離れたくないと痛感していた。

「……巻き込まれたのではなく、自分から首を突っ込んだだけです」

敢えて要旨をずらした答えを返した。

彼もシェリルがはぐらかしたことは分かっているに違いない。けれど問い返さずに笑みを見せてくれた。

「ありがとう。――シェリルが僕を守ろうとしてくれて、とても嬉しかった。でももう二度と危険な真似はしないでくれ」

――お礼を言ってもらえるなんて……

胸が引き絞られて、痛いくらい疼く。

シェリルは咄嗟に強く拳を握り、滲みかけた涙をごまかした。

「吐き気はありませんか？」

「さっきから君は質問してばかりだな。傷は流石に痛むが、それだけだ。むしろ――シェリルが無事だったことで、気分がいい」

勘違いのしようもないほど、まっすぐな気遣いに包まれた。どう解釈しても、ウォルターがシェリルを気にかけてくれているのは間違いない。心配し、無事を喜んでくれている。

そんなはずはないと予防線を張ろうとしても、たちまち歓喜の波に押し流された。

「……何故……私を案じてくださるのですか」

生来の優しさ故に、憎い相手でも配慮を忘れないからか。それともまた妹として見做してくれるつもりなのか。

彼の決定がどんなものであれ、シェリルは精一杯従うつもりだ。だがどうしても『普通の妹』には戻れない。それくらいなら金輪際会えなくなった方がいい。

馬鹿げた期待を抱いてしまえば、今よりもっとウォルターを傷つけかねず、そんな自分が怖かった。

「……今更こんなことを言っても、信じてもらえないのは分かっている。僕は散々君を苦しめた」

「それは……先に私がウォルター様を裏切ったからです」

「仮に理由があったとしても、好き放題していいことにはならない、それに……僕はたぶん、本質を見ていなかった気がする」

心の奥底を覗かれそうな眼差しに、シェリルの呼吸が乱れた。

まさか彼はシェリルと養父の真実に気づいたのか。父親を尊敬しているウォルターには、到底受け入れられるはずがない事実に。

「……何のお話ですか」

「正直に答えてくれ。シェリル……君は本当に自ら望んで父上の愛人になったのか？」

「それを聞いてどうなさるのですか。過去は変わりませんし、人の秘め事を探るなんて悪趣味ですよ」

被せ気味に絞り出した声は、微かに震えていた。だが動揺は隠せたはずだ。今こそ身につけた強固な無表情でやり過ごす時。

何も感じないよう心を切り離し、シェリルはゆっくり目を伏せた。視線を合わせたままでは見抜かれる。嘘も。苦痛も。

絶対に避けたい、避けなくてはならないのは、今も昔も変わらない。それは、彼に全てを知られること。父親の本当の姿を隠し通し、ウォルターの理想を守りたい。そのためならシェリルが心底蔑まれても耐えられた。

「じゃあ質問を変える。シェリルと父上がそうなったのは、いったいいつからだ？　もしかして四年前よりももっと以前から……強要されていたんじゃないか？」

今度こそ危うく悲鳴が漏れそうになった。いや、喉奥で吸い込んだ息が音になる。

彼が『あれ』を目撃してしまったのは、今から四年前。シェリルが十五歳だった年だ。早婚が珍しくもない貴族社会なら、それくらいで嫁ぎ先が決まっても珍しくない。やや幼くはあるが、子どもとも言い切れない年齢だった。

けれど実際には九つで関係を強いられたと暴かれれば、話は大きく変わってくる。いくら何でも、九歳は完全に庇護すべき子どもだ。淫らな欲望の対象にしていい相手ではない。

どちらから望んだなどという問題ではないのだ。正しい大人なら、過ちを犯さない。未成年者に権限は与えないのに、性的なことに関してのみ判断力は同等と考えるのはあまりにも都合がいい。

仮に誘惑に乗ったならば――悪いのは全面的に『大人側』でしかあり得なかった。

「答えて、シェリル」

絶句したシェリルを、横たわったままウォルターが見つめてくる。そこに苛烈な色はない。激昂しているのでも、責め立てるのでもなく、静かな表情が浮かんでいた。

「……ッ」

真実を隠し通したいなら、適当に嘘を吐けばいいのかもしれない。作り話で煙に巻くことはできる。

だがそうするには随分返答の間が開いてしまった。今更偽りを述べても、彼は騙されてくれないだろう。

鉄壁だったシェリルの人形の仮面は、脆く崩れ落ちた。これではいくら饒舌に捲し立てても手遅れだ。『言えない』ことが答え同然だった。

「……僕は最低だ」

逸らしていた視線をウォルターへ向けてしまったのは、あまりにも彼の声が震えていたから。聞いたこともない弱々しさに焦り、顔を上げたシェリルは愕然とした。

茶色の瞳から綺麗な涙が溢れている。次から次へ、止まる気配もなく。眦から幾筋も。睫毛に絡む滴は場違いに美しい。双眸に宿っていた澱みは洗い流され、昔と同じ清廉さが戻っていた。

「何も、知ろうとしなかった」

「それは違います。全部仕方なかったことです」

虚言と行き違いが一人の力では解けないほど絡まって、シェリル自身も訂正しようとしなかった。これではウォルターが事の真相に辿り着くのは不可能だ。

証拠は残されていない。養父亡き今、詳細を語れるのはシェリルだけ。その本人が口を噤むと決めたなら、他者が干渉できる話ではなかった。

「仕方ないなんて言葉でごまかしては駄目だ。僕は知らなくてはならない立場だった。僕だけが——父上を止められたはずだ。それなのに——」

食いしばった歯の狭間から、彼の呻きが漏れる。あまり興奮しては傷に障ると思い、反射的にシェリルはウォルターの固く握られた拳に触れた。

「当時のことは、きっと誰にもどうにもできませんでした」

もしウォルターが全てを知っても、現実的に考えて何ができたのか。二人とも子どもに過ぎず、保護者がいなくては生きられない。どこかへ訴え出たところで、親族は醜聞を消すことに力を注いだだろう。

つまり、揉み消された可能性が高い。

誉れ高いゴールウェイ伯爵家の当主が許されざる行為に夢中だなんて、世間に知られるわけにはいかないのだ。それくらいなら、喜んでシェリルを生贄《いけにえ》に差し出したはず。

その結果は今より悲惨なものになっていたに違いない。

シェリルは大勢の人に秘密を暴かれ、養父の死後は野良犬同然に叩き出されたのでは。もしくは一族の恥部として秘かに処理されたか。

ウォルター以外のゴールウェイ伯爵家の人間は、平民を人と思っていない者も少なくない。まして孤児など路傍の石と大差なかった。平気で見殺しにする。

シェリルを消して解決するなら、彼らがどうするか考えるまでもなかった。

「……君は、何年苦しんでいたんだ」

瞳を片手で覆ったウォルターが再度問いかけてくる。おそらく答えを聞くまで追及の手は緩められない。

言いたくない気持ちを堪え、シェリルは目を閉じた。

「……約十年間です」

重ねていた彼の拳が一際強く握られた。震えてもいる。大きな掌で目元を覆っているので、今ウォルターがどんな表情をしているのかは見えなかった。ただし彼の唇は真っ青になっている。

十年間。それはあまりにも重い意味を持つ数字。

もはや詳しい説明をしなくても、養父の嘘は明らかだった。

「すまない、シェリル……」

「動いてはいけません！」

身を起こすウォルターの肩を押さえ横たわらせようとしたが、シェリルは力負けした。彼は強い意志で上体をベッドから引き剥がす。息を乱しつつ座る体勢になり、改めてこちらへ視線を据えた。

その瞳が潤んでいる。涙の名残が色濃い。茶色い双眸は赤みを増し、いつもよりも遥かに痛々しく見えた。

「謝って済む問題ではないと分かっている。でも、言わずにはいられない。僕を一生許さなくていい。だが――本当に申し訳なかった。父上に代わって僕に償わせてくれ」

「ウォルター様に非はありませんよ……」

真摯に首を垂れられ、返す言葉が見つからない。彼の謝罪を求めてはいなかった。だからといって、養父の代わりに謝ってほしいのでもない。

深く頭を下げるウォルターに何を言えばいいのか分からず、シェリルは激しく戸惑った。

「……僕はシェリルが苦しんでいる間、少しも異変に気づかなかった。いや、気づこうともしなかった。冷静に考えれば父上の言っていることがおかしいと分かったはずだ。……

でも、そうしなかった。全部、父上が間違っていると思いたくなかったから。あの人を信じ、過ちを直視したくなかった。――それは結局、シェリルに何もかも押し付けたのと変わらない」

シェリルが悪いという偽りに乗ってしまった方が楽だから。自分が傷つかないために真実を探らず逃避した。

目を閉じ、耳を塞ぎ、口を噤んで。

その結果、閉じられた地獄の内側がどうなるか考えもせず。

「君を生贄にしたのと変わらない……しかも僕は、そんな自分の醜さを認めたくないあまり、父上と同じことをシェリルにした。吐き気がするくらい卑怯だ……うんざりするほど似ている」

ウォルターが自身の胸のうちを赤裸々に語る。どれも複雑で拗れた心情。決して綺麗なものではない。

醜く歪な、保身と愛情、思い込みや期待が入り交じり、もはや凝り固まってしまったそれは、元の形が完全に分からなくなっていた。

「……それだけじゃない。僕は……たぶん父上の言ったことを心の奥底では信じていなかった。だけど信じる振りをして、シェリルに同じことをすれば君が手に入ると思っていた気がする。違和感は何度も抱いたのに」

「ウォルター様……」

残酷な告白は、シェリルに多大なる衝撃を与えた。

今の言葉をどう解釈すればいいのか迷う。

手に入れたいというのは、どんな意味を持っているのか。養父と同じただの所有欲や支配欲か。そうでないとしたら——

——期待しては駄目。

高鳴りそうになる胸を片手で押さえる。これまでずっと『物扱い』され意思を持つのをよしとされていなかったから、すっかり臆病になっている。

求められるものの中に、いつだってシェリルの『心』はなかった。物体としての価値しか認められてこなかった自分を、手に入れたいと望む意味を必死に考え、怖くなる。

下手に期待して裏切られたら立ち直れない。

他の誰でもなく、ウォルターにそうされるのは途轍もない恐怖だった。

「シェリルを手元に置きたいから父上を信じたかったのか、父上を信頼していたからシェリルを苦しめたかったのか——自分でもどっちが本当なのか分からないんだ」

戦慄きの大きくなった手に、縋られている気がした。

こんなにも打ちのめされた彼を見るのは初めて。養父の葬儀ですら、彼は落ち着いていた。あれはもしかしたら、心の整理ができていなかったのかもしれない。そんな混乱の最中にシェリルが惑わせることを言ったから、ウォルターに道を踏み外させたのではないかと不安が擡げた。

「……どちらだったとしても、私にとってはウォルター様の存在が救いだったことは変わりません」

己の執着塗れの恋情が彼を狂わせたなら、後悔してあまりある。だがそれでも気持ちは消せない。

卑怯だと罵られるべきはウォルターではなくシェリルだ。

今この事態を招いても、どんどん膨らむ期待が罪の象徴だった。

「どうしても貴方にだけは知られたくなかった。私の汚さも、お父様のしたことも……理想の家族の思い出だけを記憶していてほしかったから……」

「シェリルが真実を口にできなかったのは、僕のためなんだな。僕が盲目的に父上を尊敬し信頼していたせいで、気遣ってくれたんだろう？」

その通りでも頷けなかった。何故なら全部認めることになってしまう。ここに至ってもまだ、彼の傷を軽くできないか模索している。そんな方法はないと痛感していても尚、往生際悪く。

「ありがとう、シェリル。でも一つだけ君は間違っている。シェリルは汚くなんてない。そこだけは、訂正させてくれ」

どうしてウォルターは、シェリルが欲してやまない言葉をくれるのだろう。

告げられて初めて、自分が如何にそう言われたがっていたのかを理解した。諦めていた宝物を渡された気分になる。

自分には相応しくないと思っていた贈り物は、シェリルの胸をこの上なく震わせた。

「私は、汚れていませんか……？」

「ちっとも。出会った時と変わらず心も身体も綺麗なままだ。眩しいくらいに」

「……もし私が昔と変わっていないのなら、それはウォルター様のおかげです。貴方がいてくれたから、私は大事なものを見失わず生きてこられたのだと思います」

誇張なく、シェリルは本心を告げた。

彼がいてくれなければ、とっくに絶望して壊れている。地獄の中、灯火同然のウォルターの存在が数えきれないほどシェリルを照らしてくれた。

遠く離れていても。久し振りの帰省で数日間の再会でも。

過去の手紙を繰り返し読んで、何度『まだ自分は大丈夫』と己を励ましたことか。万感の思いで、シェリルは彼を見つめた。

「……君は初めて会った時から純粋で優しい。こんな僕にも温かい言葉をかけてくれる。……何故僕は、シェリルを信じて守ろうとしなかったんだろう。それが、どうしても許せない」

ごめんと繰り返しながら、大切な人が泣いている。シェリルの胸が軋んで、慰めの言葉が出てこない。互いに負った傷が深過ぎて、上面の言葉では意味がないと分かっているからだ。

それでも心に従って、ウォルターの背に手を這わせる。そっと上下に撫でれば、愛おしさが込み上げた。

「でしたら、私が許します。世界中が貴方を糾弾しても……私は許します」

彼を自分の過ちに巻き込みたくなかった。だが共に同じ罪を背負えるなら、それは何て素敵なことか。

「君はお人好し過ぎるよ。憎んでいいんだ。だって僕は……父上と自分は違うと思いながら、結局は同じだった。シェリルを自分の欲望のままに支配して喜ぶ、最低な人間だ」

「違います。ウォルター様ではなく、私が――」

「君に咎は一つもない。全部今更だが、どうか僕の言葉を信じてくれ」

己の罪深さと醜さを認めるのは、簡単なことではない。ましてこれまでまっすぐに生きてきた人なら余計に。

普通なら向き合うことすら難しい。抵抗感から、『悪いのは自分ではない』と周囲に責任転嫁しても不思議はなかった。

彼が自らの胸元を摑み嗚咽を嚙み殺す姿を見つめる。吐露する方も辛いのだと如実に分

かり、ウォルターが懸命に伝えようとしてくれているからこそ、シェリルは自分自身を見直すことができた。

互いに罪悪感で押し潰されそうになっている。けれどきちんと考えてみたら、本当に悪いのは誰だったのか。

ウォルターではない。それは断言できる。だが同時にこれまでシェリルが抱えていた『自分にも非がある』という思いが、揺らぐのも感じた。

――私は確かに何度も道を誤った。その結果、最悪な選択をウォルター様に強いてしまった。でも……

他にもっと適切な方法はあったのかもしれない。だがその時々でシェリルに選べる道はひどく少なかった。そもそも選ぶ権利を与えられていたかどうか怪しい。だとしたら『私が悪かった』と過剰に思い込み過ぎていやしないか。

汚れていないと彼は言ってくれた。更にシェリルが被害者の如く、何度も謝ってくれた。ウォルターの涙に嘘はない。あんなにも真摯な謝罪を否定しては、絶対に駄目だと思う。

――だったら、本当の悪者は誰？

たぶん答えは出ている。シェリルもウォルターも。答え合わせをするように、自然と視線が絡んでいた。あとはもう、植え付けられた罪の意識で作られた目隠しを外すだけだ。

「……ウォルター様とお父様はちっとも同じではありません。だってお父様は貴方のように苦悩していなかった。私を支配し自由を奪うことで感じていたのは喜びだけです。もし行為が似ていても、本質が違うのです」

　愛しい人が敬愛する相手を悪く言うのは、躊躇われる。しかしこれを乗り越えないと、ウォルターの心には触れられないと思った。

「いや……僕はシェリルが言いなりになる姿を喜んでいたよ。これで君は僕から離れられなくなると思って――」

「ウォルター様は私に物言わぬ物体になってほしかったですか？　どんな時でも拒絶しない、文句を言わない、着飾ったお人形に」

「違う。意思をなくしたシェリルが欲しいわけじゃない。だからこそ、父上の真似をしても苦しかったんだ……！　君を雁字搦めにして安心はできても、本当の願いは叶えられない。どんどん虚しくなるばかりだった」

　望んだものを得られないから、余計に執着心は募る。引けなくなって悪循環に陥り、結果自らを省みるのも難しくなる。

　そういうままならなさを、たぶんシェリルも抱えていた。

　吐き出せなかった本心は心の中に凝るだけ。いつまで経っても消えず、他の何かに変質することもない。ただ堆積してゆく。いつか、容量を超えて溢れ出すまで。

「……それは、ウォルター様が『私』を望んでいるからですよね。ご自分にとって使い勝手がいい『人形』ではなくて。でしたら、やっぱりお父様と貴方は完全に違います。お父様は、私の内面には欠片も興味がありませんでしたもの」

関心があったのは外見だけ。理想の髪と目の色に、華奢で儚い体形と容姿。

おそらく養父は、あと数年存命だったらシェリルに飽きていただろう。少女から大人の女性の身体に変化するのを、養父は歓迎していなかった。

いずれは別の女児を連れてきたのではないかと、訝っている。幸いと言うべきかどうか、他の被害者が出ずに済んだことに、シェリルは内心安堵していた。

「僕は父上と違う……?」

「はい。お父様はご自身がしたいことをひたすら私に強いていました。でもウォルター様は、強制しているようで私の希望を汲んでくださいましたね。私も知らなかった『己の意思』に気づかせてくださいました」

好きな色や趣味がシェリルにもあるのだと教えてくれた。それを表現してもいいのだと。

おかげでシェリルは、自分がどういう人間で本当は何を望んでいるのか、ようやく分かった気がする。

言っても許してくれる人が、目の前にいるから。

「ウォルター様は、『私』を求めてくださっている。それは……何故ですか?」

どうか言ってほしい。欲張りになって答えを欲した。これまでならこんな物言いは到底できない。

小さなことであっても、誰かに自分の欲に関して要求するなんて、シェリルは考えたこともなかった。

けれど待っているだけでは、永遠に彼の深層に届かない。臆病さを理由にして縮こまっていても、得られるものは何もなかった。

「ただの欲望ですか……？」

瞠目したウォルターが緩々と首を横に振る。やがて動きが止まると、彼が深く息を吸い込んだ。

「……シェリルを愛しているからだ。妹に邪な想いを抱くはずがないと自分に繰り返し言い続けて、せめて完璧な兄になろうと心掛けていたのに……君を得られると思ったら、これまで必死に積み上げてきたものを壊しても惜しくないと思った」

長年喉から手が出るほど欲しくて堪らなかった言葉。

それはシェリルが思い描いていたものよりも熱く激しかった。思わず絶句してしまうほど。

瞳は揺れ、即座に反応を返せない。

それでもたちまち涙が込み上げたのが、全ての答えだった。

「……私、も……ずっとウォルター様が好きでした。でも絶対に知られてはいけないと思っていました……」

受け入れられるわけがない想いだから、血の繋がらない兄妹の関係だけでも守りたかった。嘘に嘘を重ね、無理やり『平和な家族』を演じ、あどけない振りをして。

心はズタボロに傷ついていても、偽の平穏を維持したいと願ってきた。

「じゃあ僕らは、ずっと擦れ違ってきたのか……？」

「長い時間を無駄にしてしまいました。でも今だからこそ、こうして打ち明けられたのかもしれません」

養父が存命していたら言えなかった。

また養父の死後であっても、秘密をウォルターに知られなければ、シェリルは全てを胸に秘めたと思う。

砂上の楼閣《ろうかく》だけは死守しようと、上面を取り繕って。さも普通の兄妹のように振る舞っただろう。いつか彼が相応しい伴侶を迎えても。

「……僕が一生自分を許せなくても、シェリルは受け入れてくれるのか」

「はい。ウォルター様が私とお父様のことを知っても、求めてくださったように」

重ねていた手は、いつしかしっかり握られていた。それでいて今だに迷う彼の心情が伝わってくる。

ウォルターの罪悪感と後悔は、シェリルが抱くものを凌駕するのかもしれない。そんな彼が愛しくて、涙が溢れた。

「我が儘を言ってもいいですか？」

「ああ、是非聞かせてくれ」

大きく頷いたウォルターが前のめりになる。シェリルの言葉を一音も聞き逃すまいとしてくれていた。

「私を……どこにもやらないでください。でももしウォルター様が奥様を迎えられるなら、噂話も届かない遠くへ私を送ってください。貴方が別の誰かを選ぶ姿を見るのは耐えられません」

分不相応な願いだ。こんなことを言える立場にないことを、シェリル自身が一番分かっていた。だが伝えずにはいられない。

欲深い我が儘でも、これが紛れもない本音。

物分かりのいい振りをして全てを諦めてきたけれど、今は絶対に手放したくないものがあった。

ウォルターとの未来。叶うなら一緒に生きていきたい。けれど現実的に考えて、それがとても難しいことは分かっている。

一時は兄妹だった二人を、周囲は決して認めないに決まっている。特に叔父を筆頭に親族らは、元々快く思っていなかったシェリルを全力で排除しようとするはずだ。

シェリルだってウォルターが苦しむ姿を見たくなかった。

貴族には、義務と責任がある。万が一相応しくないと見做されれば、当主と言えど引き摺り下ろされることが考えられた。ただでさえ、若いウォルターよりも自分の方がゴールウェイ伯爵を名乗るに相応しいと考えている血縁者はいる。

――中でも叔父様は、お父様の存命中から虎視眈々と爵位を狙っているのが丸分かりだったわ。

ウォルターは長年、爵位を継いで立派な領主になるために頑張ってきた。その努力を無駄にはできない。

深く想い合っていても、共にいられないことはある。状況と周囲が認めてくれないのは、想像に難くなかった。

シェリルの言わんとする内容は、彼に過不足なく伝わったらしい。

要約すれば、愛しているからこそいずれは離れたい。逃げるのではなく、ウォルターを誰よりも大切に思っているから、隣に居座ることができなかった。いわば、シェリルから贈る最大限の愛情表現。

心だけはここに残して彼の幸せを願い、別の場所でそれぞれ生きていこうと告げた。言葉を選び、真心が伝わることを祈って。

沈黙が落ちる。夜が明ける気配はまだない。

ウォルターは数秒愕然としていた。

シェリルの言葉を咀嚼しているのか。敏《さと》い彼なら、何が正解なのか分かるはずだ。呑み込めば、きっと間もなく握った手が離れてゆく。その瞬間を待ちつつも、シェリルは慟哭しそうになり唇を噛み締める。

今のウォルターからは澱んだ執着心は感じられなかった。冷静さを取り戻し、適切な判断を下せる。ならば誰が見ても正しい結論を選べる。

――ウォルター様が私を愛してくださったと知れただけで、充分救われた。

この思い出を胸に抱き、前を向いて生きていこう。

別離の言葉を待つシェリルに、けれど向けられたのは柔らかな微笑みだった。

まさか彼がこの場で笑顔を浮かべるとは思っていなかったので、虚を突かれる。解かれると思っていた手は、固く握り直されていた。

「君をどこにもやる気はない。一生僕の傍に居てくれ。勿論、他に妻を迎えはしない。シェリルだけが僕の伴侶だ」

「え……？」

甘く瞳を細めたウォルターの言葉の意味は理解できる。きちんと耳に入ってきた。だがあり得ないという思いが強くて、噛み砕けない。

彼が言うはずのない台詞が聞こえた気がするのは、シェリルの望む幻聴だと思った。

全ては夢。現実であるわけがない。

そう思い気を引き締めようと試みるのに、握られた手の温もりに意識が奪われてしまう。それだけでなく、こちらを凝視する双眸から逃れられなかった。

「わ、私は……もう、愛人の役割をこなせません。貴方が奥様を迎えれば、嫉妬で愚かな真似をしてしまいます」

「嫉妬してくれるのか。嬉しいな。でも、その心配はない。僕は君以外を娶《めと》るつもりがないから。——シェリル、どうか僕と正式に結婚してくれ」

聞き間違えようもない求婚に、眩暈がした。

勿論、途轍もなく嬉しい。けれど不可能だと首を振る。強行すれば、失うものが多過ぎた。

「無理に決まっています」

「どうして？　反対する者がいても、僕が必ず説得する。もしそれでも上手くいかなかったら、全部捨てて二人で静かに暮らそう。シェリルかゴールウェイ伯爵家かの二択なら、僕は君を選ぶ」

「そんなことおっしゃらないでください……！」

ウォルターがどれだけゴールウェイ伯爵家に誇りを持っているか、知っている。貴公子として生きてきた人が、急に何も持たない身の上になれるはずもなかった。

軽々しく全部捨てるなどと言わないでほしい。できもしないことを口にして期待させるのは、非道なやり方だ。そう責めたい気持ちもあるのに。

――嬉しくて、震えている。

こんなにもまっすぐに愛されて、心が動かないのは無理だ。感激し、涙が止まらない。溢れる滴は彼が拭ってくれた。

「僕と結婚してくれ、シェリル。妹ではなく妻として、これからは隣にいてほしい」

嗚咽するシェリルの頬へキスが落とされる。そっと抱きしめられ、耳元で「愛している」と囁かれた。

ここまでされて、突っぱねられるほどシェリルは強くも弱くもない。

受け入れてしまえば、平坦な道は歩めず、この先沢山の苦労に見舞われることだろう。生活に困窮することだってあるかもしれない。

けれどそれでも。

「私で、いいのですか……？」

「君が、いいんだ」

「きっと後悔しますよ」

「先のことは誰にも分からない。でもこれだけは断言できる。今ここでシェリルを失えば、僕は一生悔やみ続けるだろう。生きている意味もない」

両手で抱えきれないほどの愛の言葉に酩酊した。嗚咽が込み上げ、言葉を紡げない。溢れる感情はとても抑えられるものではなく、シェリルはウォルターと見つめ合った。

「ごめん、シェリル。逃がしてあげられない。どうか僕を選んでくれ」

もうこれ以上強がるのは無理だ。こぼれた涙で視界が滲む。

シェリルが頷いた瞬間、誓いの口づけが恭しく交わされた。

6　終わりと始まり

親族からの反対は想像通りだった。

シェリルとウォルターがいずれ正式に結婚すると内々に通達してから半月。中には脅迫や恫喝じみたものまであり、しばらく約束のない来訪者も、得体の知れない手紙もウォルターは受け付けなくなった。

当然シェリルにもそれは徹底されている。むしろシェリルの方が強固に守られているとも言えた。

面識のあるなしに拘わらず面会は禁止。邸内であっても、一人にはならない。招待状や贈り物の類は全てウォルターの検閲を受けねばならなくなった。

幸いにも彼の頭部の傷は浅く、これといった後遺症も出ていない。日常生活に戻って問題ないというお墨付きを医師から貰い、その日のうちに業務を再開したくらいだ。

シェリルとしてはもっとゆっくり静養してほしかったのだが、ウォルターは『これで叔父上を牽制できる』とほくそ笑んでいた。

実際、親族の中で一番発言権を持っていた叔父は、甥に怪我を負わせた件が疚しいのか、大人しい。しかし他の親族には伝わっていないようで、事あるごとに屋敷まで押しかけてくる有様だ。

彼らの『忠告』という名の脅しを避けるため、シェリルは今日も一日中自室で過ごしている。外へ出るのは基本的に食事の時間のみだった。

――あまり外出しないのは以前と変わらないから、さほど苦ではないけれど……

残念ながら、ここまで完全に警護されていても敵は邸内にもいる。

ゴールウェイ伯爵家の使用人は家令や女性メイドだけでなく、料理人、従僕、御者、園丁など様々。更にその下には見習いなど、大勢いる彼らの末端まで目を配るのは難しい。中には直接シェリルと関わったことがなくても、悪感情を抱いている者もいた。もしくは一族の誰かに抱き込まれ、手先となりかねない者も。

ウォルターが『シェリルを軽んじたり、害を加えようとしたりすれば、即刻解雇する。紹介状も書かない』と宣言したため、表立って嫌がらせはされていないけれど、諸手を上げて大歓迎されてもいないのは、明らかだった。

――当たり前よね。元孤児をお嬢様扱いするのも抵抗があったのに、それを今度は奥様として扱えと言われても、皆が戸惑うのは仕方ないわ。

せめてもの救いはシェリル付きだったメイドのハンナが戻されたことか。気心が知れた彼女が再び配属され、シェリルはかなりホッとしていた。

「また貴女に世話をしてもらえて嬉しいわ」

「私もです、お嬢様。――あ、奥様とお呼びした方がよろしいですか？」

「それはまだ早いわ。正式に決まった話ではないもの」

ハンナは気遣ってくれたのだろうが、シェリルは苦く笑った。

本当にこのままウォルターが押し切って大丈夫だろうか。既に色々な反発が起こっている。シェリルの耳に直接届かなくても、あちこちで不満が噴出しているのは分かっていた。自分だけが安全な場所で守られているようで、心苦しい。

さりとてシェリル自らできることはなく、こうして大人しくしているのが、唯一可能なことだ。

――私が身を引けばこの騒動は治まるでしょうね。でも……もうウォルター様との未来を夢見てしまった。どんなに辛いことがこの先あっても、彼の手を放したくない。

揺れ惑う思いは相変わらず消せない。それでもシェリルは選んだのだ。

逆風に晒され、あらゆる非難を受けたとしても、ウォルターと生きてゆく未来を。彼が自分を望んでくれるなら、どんな苦悩や苦痛にも立ち向かう勇気を得られた。

――あの人が私のために戦ってくれるなら、私もウォルター様のために戦う。

ずっと地獄か泥の中で緩やかに死んでゆくのを待つだけだと思っていたのに、彼がシェリルを愛してくれていると知った瞬間、世界は一変した。今は全てが輝いて見える。

視界に入る何もかもが違っていた。

——これまではウォルター様以外の誰に何を思われてもどうでもよかった。でも彼とこの先歩んでいくには、興味がなかった外聞にも気をつけなくてはいけないわ。だから何とかして叔父様たちにも認めていただきたい。

喜んで迎えてくれとは言わないが、強硬に邪魔はしないでほしい。そうでないと、手段を選ばないところがあるウォルターが、何をしでかすか不安があった。親族間で、大きな騒動に発展するのは避けたいのだ。

——私が原因でウォルター様が悪く言われるのは心苦しい。

自分にも何かできることはないかと頭を巡らす。せめて親族らの『兄妹で汚らわしい』という嫌悪感を払拭する術はないか思案した。

だが簡単には思いつかない。シェリルが無意識に溜め息を漏らすと、ハンナが気遣わしげに声をかけてきた。

「お嬢様、少し気分転換をなさいませんか？　温室でしたら暖かいですし、珍しい植物を見られます。今パイナップルは生《な》っておりませんが、他の花は咲いておりますよ」

「温室……そうね。ではウォルター様に連絡を入れてもらえる？」

ゴールウェイ伯爵家の敷地内であっても、シェリルの移動には彼の許可が必要だった。厳し過ぎると思わなくもないが、危険な目に遭ってからでは遅い。そうウォルターに説得され、彼が安心するならばとシェリルは受け入れた。

「かしこまりました。すぐにお伺いして参ります」

ハンナが部屋を出て行ってしばらく待つ。すると一時間はかかるだろうと踏んでいたのに、想像よりもかなり早く彼女はシェリルの元へ戻ってきた。

「ただいま戻りました、お嬢様。短い時間なら構わないと仰せつかりました」

「随分返事が早いのね。今日ウォルター様はお仕事に出られているのではないの？」

「いいえ。本日は来客があって、急遽ご予定が変わられたのです。丁度お客様がお帰りになられるところでしたので、すぐに温室へ行く許可をいただけました」

あらゆる面談の申し入れを断っている彼が急な来訪者を迎え入れたのなら、相手はかなり地位の高い者だろう。分刻みの予定を変えてまで会わなければなかった客人は誰なのか、やや気になる。

そして多忙な彼をつまらない用件で煩わせてしまった申し訳なさもあった。

「ウォルター様がお忙しい時に、暢気《のんき》なことをお聞きしてしまったわ」

「旦那様は全く気にされていらっしゃいませんでしたよ。むしろお嬢様の元気がないことをとても心配されていました。お羨ましくなるくらい、大切にされていますね」

ハンナに言われ、赤面する。

自分でも彼にとても大事にされているのは分かっていた。けれど改めて第三者に指摘されると、恥ずかしさと嬉しさがある。

むず痒い疼きが、心をときめかせた。

「やめて、ハンナ。そんな風に言われたら、顔が赤くなってしまうわ」

「照れていらっしゃるお嬢様は愛らしいですね。以前ならなかった表情です。ウォルター様が戻られて、本当によかった」

確かに最近の自分は表情が豊かになっている。顔が赤くなるのもしょっちゅうで、自然と笑みがこぼれることも珍しくなかった。

——昔は感情を出さないことに慣れていたから……でも今は、抑えようとしても勝手に溢れてしまう。

火照る頬を掌で押さえて冷ます。にこやかなハンナに促され、シェリルは温室に行く準備を整えた。

今も問題が山積みなのは変わらないが、希望があるだけで前向きになれる。俯かず背筋を正して歩こうと思えた。

一歩私室を出れば、使用人たちの視線がシェリルに向けられる。その種類は様々。悪意を滲ませたもの、好奇を含んだもの、無関心を装ったものまで多種多様だ。好意的なものは、正直少ない。

それらを全身で受け止めながら歩き、シェリルは屋敷を出て敷地内にある温室を目指した。

雪が丁寧に掻かれているので歩きやすいけれど、吐き出す息は白く、肌を刺す寒さに首を縮めたくなる。暖かな温室が恋しくなり、つい足早に目的地を目指した。

硝子張りの温室は、扉を開けた瞬間にムッとした湿度が感じられる。だが身体が冷えきっていたこともあって、心地よく思えた。

シェリルは一息ついてからコートを脱ぎ、ハンナに手渡す。上質な上着であってもそれなりに重さはあるので、脱いだ途端ホッとしたのは否めない。動きやすくなり、花の香りが漂う空気を吸い込んだ。

「いい香り」

仄かに果実の熟れた匂いもした。ハンナの言う通り、かなり気分転換になる。

貴族の財力を示す手段でもある温室は、贅を尽くすのが一般的だ。以前は煉瓦造りが主流だったそうだが、近年は技術が進み、硝子の巨大な建物になりつつある。

流行り物好きな貴族には見過ごせまい。

ゴールウェイ伯爵家はいち早く最新の様式に建て替え、ここと は別にパイナップル専門の温室も持っていた。これは王家に負けずとも劣らない裕福さの誇示に他ならない。

――考えてみたら、お父様はかなり見栄っ張りだったのかしら。これだけの施設を一新するには、かなりの費用が掛かったはずよね。その分を困窮する人々への支援に回してもよかったのではないの？

慈善活動に熱心と言われるわりには、自身の贅沢や自尊心を満たすことを優先していたように思う。そんなことに今頃気づいたシェリルは、苦笑した。

――私、やっぱり何も見えていなかったんだわ。これからはもっと視野を広くしないと駄目ね。少しでもウォルター様のお役に立てるように……

「お嬢様、足元にお気をつけ下さいね。蜂などが入っていることもありますし」

「ええ。でも流石にこの季節は大丈夫だと思うわ」

外は雪化粧だ。一年で最も冷え込む時期。硝子で区切られた世界は、植物も空気も違う。

シェリルは鮮やかな色の花や大きな葉を眺めながら、温室の奥へ進んだ。

子どもの頃、ウォルターと一緒に温室を探索したことがある。当時の思い出がよみがえり、自然と口角が綻んだ。

「ハンナ、これは何だったかしら。昔ウォルター様と一緒に見た記憶があるわ」

見覚えのある巨大な木には、青い実がぶら下がっていた。もっとよく見たくなり、シェリルは大木の裏側へ回って、そこにあった梯子《はしご》を数段上る。おそらく果実の収穫用に置いてあるものだろう。

はしたないと思いつつも好奇心の方が勝った。

「あれは食べられるものなのかしら？　背伸びしても届かなそうだわ。ウォルター様にもお見せしたかったのに……」

できるだけ高い位置まで梯子を上ってみたが、それでも青い実までは手が届かなかった。

——思い出した。七年ほど前にウォルター様があの実をもいでくださったわ。軽々と手が届いていたから、今の私よりも既に当時のウォルター様の方が身長が高かったのね。

頭上に思い切り片手を伸ばしたからか、梯子が揺れる。シェリルが慌てて視線を下へやると、そこにはハンナが俯き加減で立っていた。

「ごめんなさい、ハンナ。少し梯子を支えてくれる？」

つい浮かれて高く上ってしまった。冷静になると若干怖い。コートは脱いでいても、長いスカートでは動き難かった。

そこで、ハタと気づく。

いつも忠実で寡黙なメイドが、シェリルのコートを羽織っていることに。

「……え？」

手に持っているのが邪魔だったのだろうかと、瞬時に考える。だがそれにしても主人の服を勝手に着用するのは褒められたことではない。若くまだ礼儀がなっていない見習いならまだしも、ハンナは長年ゴールウェイ伯爵家に仕えている優秀なメイドだ。

通常ならあり得ない光景に、シェリルは戸惑った。

「あの、ハンナ……？」

「……お嬢様、私と貴女は同じ身の上でしたのに、何故ここまで差がついてしまったのでしょうね。本来ならこのコートだって、私のものだったかもしれないのに」

突然、平板な声で彼女がこぼす。

いつもより低く温度の感じられない声音に、シェリルは瞠目した。

「ハンナ……？」

「お嬢様に同情していました。私と同じ可哀相な子どもだと……ですから諸々思うところはあっても、優しくしようと思ったんです」

どこか、これまでの彼女と違う。違和感のある変化に、シェリルは思わず梯子を握った。ひやりと背筋が冷える。掌には汗が滲み、心臓が嫌な軋みを上げた。

「何の話……？」

「お嬢様は先代の旦那様の玩具だったではありませんか。それなのに使い捨てられず、どうして今はゴールウェイ伯爵家の女主人になろうとしているのです？　私はただのメイドのままなんて……やっぱりどう考えても、不公平じゃありませんか。しかも一時的であってもパーラーメイドに降格までされて……」

「……っ」

シェリルと養父の関係をハンナに知られていたことに驚愕した。

彼女はこれまで一度たりともその件に触れなかったし、養父もそんな素振りは微塵も見せなかったではないか。

にも拘わらず問いかけではなく確信をもって暴かれた。それだけでなく、ハンナの言い方から予想できるのは。

「まさか貴女もお父様の……？」

「やっと気づきましたか？　お嬢様がいらっしゃるまでは、私がお気に入りだったのですよ。あの汚らわしい趣味の男の」

嫌悪を孕む言い方は、微塵も誇らしげではなかった。それだけで、過去の出来事がハンナにとって忌まわしいのが伝わってくる。

叶うなら、忘れてしまいたいこと。なかったことにして、消し去りたいもの。

シェリルと同じことをされていたのなら、そういう気持ちが痛いほどよく分かる。絶望や諦念《ていねん》が固まって、未来に希望は抱けなかった。

ただひたすら逃げたいと日々願い、行き場のない自分を憐れみ嫌悪し続けて――

――でも今彼女から感じるのは……

怒りだ。

それはシェリルが抱くことのなかったもの。まして養父以外の相手に向ける理由がない感情だった。

「私の代わりに犠牲になるお嬢様が哀れで、痛ましく感じていました。けれど自分が解放される喜びの方が大きくて、貴女を助けようとは思いませんでした。仕方ありませんよね？　一介の使用人に過ぎない私に、いったい何ができますか？」

苦く笑ったハンナは、これまでシェリルが目にしたことのない姿だった。歪み、双眸にははっきりと憎悪が滾っている。

彼女は常に落ち着いた優秀なメイドで、失敗を犯すことも情緒が乱れることもなかったので、今の様子がとても信じられない。

だが思い返してみれば、あれらの淡々とした姿は『人形』として培ったものだったのか。

ハンナの被っていた仮面が剝がれ、梯子の下に立っているのは、感情を剝き出しにした一人の人間だった。

「だからせめて哀れな子に私だけでも親身になろうと決めたんです。だって私の代わりに犠牲になってくれる子ですもの！　たとえ自分は使用人としてゴールウェイ伯爵家に連れてこられて、お嬢様は最初から養女の立場だったとしても、そこは我慢できました。だって私が引き取られた時にはまだ奥様がご存命でしたしね。病床の妻の手前、先代だっていきなり養女を迎えるとは言えませんもの」

乾いた笑いが温室内に響く。

蒸し暑いのに、何故かシェリルの体温が下がった。

しっかり足に力を入れていないと、膝が震えてしまいそう。不安定な梯子の上で、心許なくなる。

縋るものが欲しくても、できるのはしっかり摑まることだけ。下にはハンナがいる。危険な目つきをした彼女がいる場所へ、無防備に下りてゆくのは怖かった。

「……ハンナもお父様の人形だったのね……」

「ええ。あの方の性癖は治るものではありません。私は十五年近く玩具でした。だから普通のメイドになれると聞いて嬉しかったのに……お気に入りじゃなくなった途端、給与が減額されたんです。これまで支払われていた報酬が減らされて、私がどんなに大変だったか……貴族令嬢として迎えられ贅沢三昧のお嬢様には分からないでしょうね」

子ども時代が辛かったと言いながら、同じ苦しみを背負ったシェリルへ、拗れた嫉妬を燻らせていたらしい。

そんなにシェリルの立場が羨ましかったのなら、変わってほしかった。いつでも交代する。だがそう言ったところで意味はない。

既に養父はこの世になく、ハンナも再び『人形』に貶められたかったわけではあるまい。

結局のところ、言いがかり同然。

シェリルを責めても、どうしようもなかった。

「……だけど私が一番許せないのは、貴女がウォルター様と結ばれ、ゴールウェイ伯爵家の女主人になることです。私は何の補償もなく捨てられたのに、何故貴女だけがもっといい目を見るのっ？」

「きゃ……っ」

ハンナに梯子を揺らされ、シェリルは悲鳴を上げて身を強張らせた。

この高さから落下すれば、きっと怪我をする。下には煉瓦や石、鉢などが置かれていて、打ち所が悪ければ大変なことになるのが想像できた。まかり間違って、硝子に突っ込むことにでもなれば、被害は計り知れない。

最悪の場合は死。悪い想像で全身が竦んだ。

「ハンナ、落ち着いて……っ」

「私はずっと落ち着いているわ。貴女がこれ見よがしに幸せを誇示するからいけないのよ！　お嬢様も私と同じだけ不幸になるべきだわ。私はもう三十五歳。今更貧しい男になんて嫁ぎたくないし、いつまでもレディーズメイドは続けられない。でも貴女にはこれからがあるの？　そんなこと、絶対に認められない！」

半狂乱になった彼女にシェリルの言葉は届かない。逆に刺激してしまう。

いっそ梯子から飛び降りようかとも考えたが、現実的ではなかった。ハンナとぶつかり、何よりシェリルも無事では済むまい。

考えている間にも彼女は金切り声を上げ続けた。

「ウォルター様が貴女を選んでも、どうせ周りが認めない。それならお嬢様が苦しんで終わりよ。そう考えたら溜飲が下がったのに……あの様子じゃウォルター様は死ぬまで諦めない。狡いじゃない。いつも貴女ばっかり幸運を手に入れるなんて……！」

叫んだ彼女が梯子を殴る。大きく揺れたそれは、シェリルを乗せたまま横に傾いだ。

「いや……っ」

空に伸ばした手は、何も摑めなかった。成す術なく浮遊感に慄く。

シェリルにできたのは、痛みに備えることだけ。

梯子と共に地面へ叩きつけられる瞬間を、強く瞑目して待った。

「シェリル！」

けたたましく響いたのは、梯子が壊れる音と何かが割れる音。

衝撃は、あった。だが想像した痛みはない。それどころかこの感触には覚えがある。

叔父にステッキで殴られかけ、ウォルターが庇ってくれた時と全く同じ腕に守られていた。

「ウォ……ウォルター様……」

「無事か？　怪我はないか？」

抱えられた状態で地べたに転がっていると理解するには時間がかかった。

上体を起こし、蒼白になった彼に全身を弄られる。耳鳴りと心音が爆音で響き、口内はカラカラ。シェリルが震える声で「大丈夫」だと告げると、ようやくウォルターが詰めていた息を吐いた。

「……よかった……いったい何があったんだ……」

恐怖に竦んだ喉は、まだ上手く動かない。シェリルはきちんと喋れず、視線のみでハンナを探した。

先ほどまで常軌を逸していた彼女は、少し離れた場所でウォルターの従僕に捕らえられ倒されている。

顔をこちらに向け「狡い。私と同じくせに、あんたなんてどうせ汚らわしい玩具じゃないの！」とシェリルに対して呪詛を吐いた。

ウォルターはたったそれだけで何かを察したらしい。素早くシェリルを抱き上げると、従僕に「自害できないようその女は轡《くつわ》を嚙ませ、拘束しておけ」と命じた。

「ウォルター様……！」

「何も言わなくていい」

余計なことを言いかねないハンナの口を塞ぐことで、おそらく彼はシェリルを守ってくれた。

放っておけばハンナは養父のことも洗い浚《ざら》いぶちまけるだろう。そうなれば、知られたくないことまで白日の下に晒される。既に失うものがなくなった彼女は、『同類』であるシェリルを道連れにしたがっていた。

おそらく今の彼女にとって憎しみの対象は、養父ではなくシェリルだ。己の不遇を、

シェリルへの憎悪で慰めているのかもしれなかった。

「うううッ」

「暴れるなっ」

激しく抵抗するハンナを強引に立たせ、従僕が彼女を引き摺ってゆく。

ハンナは最後までシェリルを睨み付けていた。その双眸に宿るのは、妬みと嫉《そね》み。憐れみ見下していたシェリルが新たな幸福を摑むことが、どうしても許せなかったらしい。

「ハンナ……」

一つボタンを掛け違えれば、自分が彼女になっていた。もしもの未来を想像する。

もしも養父が存命でシェリルが地獄から抜け出せないままだったなら——いずれ彼は『次』の幼子を連れてきたはずだ。

その時、自分が生贄から解放された喜びに浸らないと言えるのか。

またゴールウェイ伯爵家令嬢の地位を奪われ捨てられたら、元の生活を懐かしまないと言えるのか。

どちらも即答は難しかった。

——だけどひょっとしたら、私とハンナは一番の理解者になれたかもしれないのに……

同じ傷を持つ者同士。支え合い慰め合うこともできたはずだ。けれど現実はこうして最悪な方法で決裂してしまった。

どこで道を誤ったのか、考えたくても頭が回ってくれない。

激しいショックに襲われて、シェリルの意識は暗転した。

◇◇◇◇◇

倒れたシェリルを抱え、ウォルターは屋敷へ戻った。

警戒を怠ってはいなかったが、まさか敷地内で襲撃されるとは。それも信頼していた使用人が犯人だったなんて、未だに信じ難い。

この家で唯一シェリルに親身に仕えていたメイドだと聞いたから、再び彼女の専属に戻したことが、裏目に出た。

——ハンナは長年この屋敷で働き、かつては母上に仕えてもいた。時折僕に冷めた視線を向けてくるのが不可解だったけれど、仕事はできたから特に気に留めていなかったが……彼女は昔、父上の『人形』だったのか。

シェリルの前の。

よく考えてみれば、いてもおかしくはない。だがそこまで想像したくなくて、敢えて探ろうとは思わなかった。

今考えれば、ウォルターの完全なる手落ちだ。自分はまだ父への信愛を捨てきれないらしい。無意識に情が邪魔をして本質に触れるのを避けていた。

その結果、シェリルを危ない目に遭わせたのは、我ながら許し難い。

ウォルターはベッドで眠る彼女を傍らに座って見守りながら、掌に爪が食い込むほど拳を強く握りしめた。沸々と湧く怒りがいつまでも治まらない。

自分の中にこれほど凶悪な感情が生じたのは、父と決別することになった、四年前の夜以来だ。

あの世界中を呪いたい衝動がウォルターを身体ごと焼き尽くしてしまいかねない。シェリルを傷つけるものは、あまねく排除しなくては。かつて、逃げ出してしまった分も含めて。

そのために、方法を選ぶつもりはなかった。どれだけ残酷な真似であっても。

「――先ほどのメイドは暴れるので、縛って地下牢に繋いでおります」

「了解した。自害しないよう、見張っておけ」

「かしこまりました」

報告にきた従僕には一瞥もくれず、ウォルターはシェリルだけを見つめ続けた。一瞬でも目を離すと、その隙に彼女を喪いそうで怖い。

心底、あの時シェリルが床に叩きつけられる前に助けられてよかったと感じた。

ふと見れば、両手は小刻みに震えている。彼女が落下するのを目撃し、血の気が引いた。

全力で駆け寄った前後のことは、あまりよく覚えていない。

ただその少し前――急な来客対応に追われていた。

本来なら約束のない者など相手にしないし、当然断るつもりだった。できなかったのは、来訪者が到底拒否できない相手だったから。その上こちらから面談を申し込んでいて、許可が下り次第、足を運ぶつもりだったのに。

驚くべきことにふらりとやってきたのは、この国の王太子だった。驚愕のあまり『何しに来たのですか？』と口に出してしまったが、ウォルターが不敬罪に問われなかったのは理由がある。

まずは王太子本人が笑って許してくれたこと。

それともう一つの理由は公になっていないものの、ウォルターと彼が従兄弟にあたるためだった。

亡くなったウォルターの母親は、表向き子爵家令嬢ということになっている。しかし実際には違う。

真実を知るのはごく僅か。

母は子爵の実子ではなく、先代国王の隠し子だった。つまり現国王の異母妹だ。

ウォルターの祖母は未婚のまま先王の子を孕み、身分がさほど高くないことが理由で側妃にはなれなかった。さりとて貴族社会において私生児もその母親もひどく肩身が狭い思いをすることになる。

そこで慌てて子爵家に嫁ぎ、体裁を整えたのだという。生まれた子は表向き子爵令嬢。その実、王家の血を引いているというわけだ。

だからこそゴールウェイ伯爵家も母との縁談を断らなかったと思われる。ウォルターの父とて、どんなに自身の性癖とかけ離れていても、ウォルターの母親を妻に迎えることの利益は大きかった。貴族の婚姻など所詮は政略のためだ。

そこに個人の感情は些末なこと。

母としても一切秘密を他言せず、面倒な干渉もしてこない男の元へ嫁げれば満足だったのではないか。しかもゴールウェイ伯爵家ならば、財力的に申し分ない。互いの利益が一致したと言える。

そうして後継者であるウォルターが生まれ、残念ながら母は若死にし、枷から解き放たれた父は自らの欲求を隠すのをやめたのが想像できた。

そんな折に、すっかり大人になったハンナを捨て、シェリルに目をつけたとしたら――

考えただけで吐き気がする。

ウォルターは嘆息し、整えていた髪を掻き乱した。

――今までは公にできない血筋が煩わしくもあったが――自分が王家に連なる者だという事実が助けになる日が来るとは思わなかった。

王太子がわざわざ出向いた理由は一つ。

ここ最近のゴールウェイ伯爵家に纏わる醜聞を気にかけてくれたらしい。曰く、『父親が亡くなったばかりなのに、跡取り息子と養女が淫らな関係を結んでいる』と社交界では専らの噂だそうだ。

そこで従兄弟の本心を確認がてら、『助けが必要なら手を貸そう』と告げに来てくれた。

王太子は好奇心旺盛で何事にも首を突っ込みたがるきらいはあるが、基本的に血族には寛容だ。昔からウォルターに対しても従兄弟として気楽に接しろと言ってくれた。

——恐れ多くて、これまでは丁重に断り続けてきたが——

今回ばかりは恥を忍んで助けを乞うつもりだったところに、よもやあちらから乗り込んでくるとは想定外である。

——でも正直ありがたい。殿下の後ろ盾を得られれば、風向きは変わるだろう。

使える伝手は何でも利用する。王家に借りを作ることも厭わない。

ウォルターがシェリル以外伴侶に迎えないと吐露すれば、王太子は『そこまで想える相手を逃がしては駄目だ。私も妃の心を得るために、ありとあらゆる手を尽くした』と背中を押してくれた。

そういう一途なところは、父よりもよほどウォルターとよく似ている。

最強の味方を得て、幾分肩の荷が軽くなった。だがこの来訪が、ある意味ハンナを完全に追い詰めてしまったのかもしれない。

ウォルターは、王太子を見送ろうとしていたところへ『お嬢様が温室へ行かれる許可を求めています』と耳打ちしに来たハンナを思い出した。

その時点の彼女は、至極いつも通りだったと思う。

冷静で控えめな、優秀そのもの。幼い頃から知っているが、親しみを感じたことはない。むしろ自分は『理由は分からないが嫌われている』と悟っていた。

それでも仕事の上では信頼しているメイドだ。私情は挟まず、職務に忠実で常に無表情の。

けれど王太子が別れ際、『私に全部任せておけ。シェリル嬢との仲を世間に認めさせてみせる』と言った瞬間、ハンナの纏う空気が変わった。

軽く見張った瞳。力の籠った指先。微かに震えた肩。

それは刹那の変化。

故にウォルターは見間違いだと思った。王族に対峙して緊張しているだけだと。

王太子の馬車が帰ってゆくのを見送り、振り返った時にはもうハンナの姿がなくなっているまでは。

どうしてか、すぐにシェリルの元へ行かなくてはならないと思った。

迷っている暇はない。何をおいても緊急に。二度と違和感を無視しては駄目だ。

普段、慌てふためく主の姿など見たことがない従僕は、ウォルターが脇目も振らず走り出して驚いたに違いない。しかし周囲の目を気にする余裕は欠片もなかった。

一目散に温室を目指すことしか考えられない。

息を切らし駆け込んでみれば、一番奥、入り口から死角になる辺りから二人の女性の声がした。しかも何かを言い争っている。

頭の中が真っ白になり走り込んだ瞬間、シェリルが上っていた梯子が倒された。

その後の騒動は、思い出すだけで吐き気がする。

喚くハンナを捕らえ、シェリルの無事を確認したが、いつまで経っても心臓が痛いくらいに打ち鳴らされていた。緊張感が全く癒えず、ウォルターが苛立っているのは周囲にも伝わり、屋敷全体がピリピリしている。

それもこれもシェリルが一向に目を覚まさないからだ。

医師は『怪我はなく、極度の衝撃で気を失っているだけだ』と言ったが、だから安心とはとても思えない。万が一このまま彼女が目覚めなければ……と考えると、足元が瓦解する恐怖に見舞われた。

――彼女がいない世界なんて考えられない。

諦めていたものに手が届き、一度この腕に抱いてしまえば、もはや自分から手放すのは不可能だった。

そんなことをすれば、きっと己自身が壊れる。父よりも非道な真似をする未来が容易に想像できて、ウォルターは戦慄いた。

シェリルは、『お父様と貴方は完全に違います』と言ってくれたが、やはり血の繋がりを感じずにはいられない。似たくないところが酷似している。自分の思いを優先させ、他者を踏みにじるところが。

——たぶん僕はもう、シェリルがどんなに拒否しても君を逃がしてはあげられない。

強固な檻を作って閉じ込めるくらいは平気でする。罪悪感に苛まれても、立ち止まることはできない。

ただそれが、『たまたまシェリルだった』か『シェリルでなくては駄目』かの違いだ。

ウォルターの並外れた執着心は、父よりも強い。それ故、彼女に危害を加えた者への怒りもまた尋常ではなかった。

——可哀相に……信頼していたメイドに裏切られるなんて、さぞや傷ついたに決まっている。……必ず、僕が償わせてやる。

ウォルター自らハンナを取り調べたいところだが、今はシェリルの傍を一瞬たりとも離れたくなかった。ひとまず使用人にハンナの監視を命じたものの、この後どうするべきか迷っている。

通常なら、法の下で裁かれるよう、犯罪者として突き出すのが正しい。

しかしそうなれば、あの女がゴールウェイ伯爵家の恥部について洗い浚い喋るのは確実だった。

――父上の醜聞が明らかになるのは、何も気づかなかった僕への罰でもある。だから甘んじて受けよう。ハンナも被害者だ。その点は哀れに思う。――だがシェリルのことまで広まるのは……許容できない。

そんな事態になれば、いくら王太子が庇ってくれてもウォルターとシェリルが共に生きていくことは難しくなる。

――シェリルの平穏を脅かす可能性があるものは、排除しよう。

こんなことが起きなければ、ハンナに相応の補償をし、今後の生活の面倒を見るのも吝かではなかった。これまでウォルターに対する不可解な態度も、彼女の立場からすれば納得できる。

充分同情の余地はあるし、もしかしたら何かのきっかけで親密な関係を築けた可能性だってあった。それこそ、ウォルターがハンナを姉のように慕う未来もあり得たのでは。

けれど全ては手遅れ。取り返しがつかない事態になったのは、彼女自身の選択でもある。

ハンナとシェリルの未来を分けたもの。それは何気ない言動やちょっとした優しさなのかもしれない。

――迷うな。僕が守りたいのはシェリルだけだ。秘密は絶対に守り通さなくてはならない。そのためには——

ウォルターの瞳が昏く濁る。

その色は、シェリルを傷つけることでしか心の安寧を図れなかった時と同じ。自ら汚れ地獄に堕ちてでも、他に望みを叶える方法が見つからず、むしろ進んで黒く塗り潰されていた当時と。

一つだけ違いがあるとすれば『迷い』が払拭されたこと。罪悪感は微塵もなかった。

呼び鈴で使用人を一人呼ぶ。ウォルターにとって右腕とも言える男だ。

主のためならどんな仕事も厭わない彼に命じたのは、永遠に明かせない秘密がもう一つ増えた瞬間だった。

◇◇◇◇◇

ハンナと話をさせてほしいというシェリルの願いは、あえなく却下された。

平民が貴族を害するのは重罪だ。彼女に明確な殺意がなかったとしても、危険だと判断されたらしい。

ウォルターによるとハンナはその後司法の手に委ねられたとのことだが、詳しくは分からない。

彼女に関する情報は全て遮断され、シェリルの耳に届くことはなかった。

――でも幸い私は怪我もしていないし、さほど重い罰は受けないはずよね？

シェリルは法律には疎いものの、そう願ってやまない。ハンナも自分と同じ被害者だと思えば、同情の方が大きかった。

もう二度と会えなくても、どこかでやり直してほしい。いつか彼女にも救いの手が差し伸べられることを切に願った。

――私にはウォルター様がいてくださった。これは奇跡なのね。

傷つけ合いもしたけれど、結局は彼がいなければシェリルはきっと今生きていない。それが痛感できる分、よりハンナを哀れに思う。もし自分がもう少し早く彼女の闇に気づいていたら……といつまでも後悔は消せなかった。

あの騒動から三日。

目を覚ましたシェリルは未だにベッドの住人である。

身体の方は既に問題ないが、ウォルターが『絶対安静』を厳命しているのだ。

――医師は動いても問題ないと言っているのに。

とはいえ、シェリルも彼が頭に怪我をした際『もっと休んでほしい』と思っていたのだから、お互い様かもしれない。

自身のことには無頓着でも、大事な人に関しては過保護になる。

それはほんのりと擽ったく、シェリルを温かな気持ちにしてくれた。

「――シェリル、体調はどうだ？」

ノックの後開かれた扉から入ってきたのは、花を抱えたウォルターだった。

この時期には咲かない品種な上、ゴールウェイ伯爵家の温室で育てているものでもない。つまりわざわざ取り寄せてくれたのだろう。

大輪の花は、見た目も匂いも素晴らしい。受け取ると、心が華やいだ。

「ありがとうございます。食欲はありますし、元気ですよ。それにとても綺麗な花ですね。嬉しいです」

この三日間、彼は毎日何らかの贈り物をしてくれている。昨日は大好きな焼き菓子、その前は最高級の絹を使った寝衣だった。

時間が許す限り話し相手にもなってくれ、おかげで特にすることがない病床生活も、退屈しないで済んでいる。色々心細い時に傍に居てくれる存在がある喜びを、毎日噛み締めていた。

「花を活けてもらえる？」

昨日から新たにシェリル付きになったメイドに告げれば、彼女は笑顔で花束を受け取り、部屋を出ていった。

彼女はウォルターが他家から引き抜き雇ったそうで、シェリルに対しかなり友好的だ。

長年ゴールウェイ伯爵家に勤めていたのではないから、余計な柵がないのだろう。

気が利いて誠実に仕えてくれるので、とてもありがたい。年齢が近く、話し相手にもなってくれ、シェリルは彼女をとても気に入っている。

叶うなら長く働いてほしいと願っていた。

「新しいメイドは問題ないか？」

「はい。とてもよくしてくれます。率先して無駄話はしませんが、面白い話を聞かせてもくれますし。それにセンスが良く手先が器用なんですよ」

一日中ベッドにいては気鬱《きうつ》でしょうと言い、彼女はシェリルの髪を編み込んでくれた。それも横になっても崩れないよう、気を遣って。そういう優しさが胸に沁みる。

いい使用人は昨今中々集まらないので、彼女を手放した屋敷は今頃かなり困っているのではないか。

申し訳なくもあり、ウォルターがシェリルのためにおそらくかなりの好条件を提示して引き抜いたのだと思うと嬉しくもある。

彼の優しさと愛情が、ハンナとのことでシェリルが負った心の傷を癒してくれた。

「……君を奪われると思ったら、おかしくなりそうだった」

「ご心配をおかけして申し訳ありません」

「謝ってほしいわけじゃない。それよりも、抱きしめてもいいか？」

思い返してみれば、このところずっと性的な接触はなかった。精々手を握るだけ。抱き合うのも必要に駆られたからで、淫らな意図は皆無だったのだ。

それなのに改まって聞かれると、戸惑ってしまう。

当然嫌ではないが、シェリルは数秒言葉に詰まった。

「……シェリルが嫌ならしない」

「そ、そうではなくて――恥ずかしいだけです」

こちらの意思を確認されるのは珍しく、動揺する。けれど正直に言えば、自分も彼と触れ合いたかったのだと実感した。

視線をさまよわせ、勇気を掻き集めて、シェリルはおずおずと両腕を広げる。ウォルターの目を見る勇気はない。目線は下に落としたまま、「どうぞ」と小さく吐き出した。

「ありがとう、シェリル」

「……っ」

広い胸に包まれて、彼の香りが鼻腔を満たした。逞しい腕がシェリルの背中を撫でてくれる。愛らしく結われた毛先を弄られ、笑ってしまった。

「一見簡単に見えるのに、恐ろしく複雑に編んである」

「すごいですよね。自分ではとても再現できません」

「じゃあ、この髪型を崩しては駄目か……」

残念そうにウォルターが呟いた言葉の真意を、汲み取れないシェリルではない。

赤く染まった頬を彼の胸板に押し付け、小さく唇を震わせた。

「駄目では、ありません」

優秀なメイドである彼女は、きっとしばらく部屋には戻ってこないだろう。久し振りに過ごす、穏やかな二人きりの時間。意識した途端に、シェリルは身体が熱くなるのを感じた。

「……本当にどこも辛いところはない？」

「ありません。そもそも梯子から落ちた時はウォルター様が受け止めてくださったので、どこにも怪我をしていませんよ」

だから心配しないで大丈夫だと控えめに告げる。

一度期待して火がついた肢体は、彼が静めてくれないと欲求不満を募らせる。

先ほどまで平気だったのに、今は触れられたくて堪らなくなっていた。

耳殻を食まれ、目尻を摩られる。たったそれだけで一気に愉悦が高まった。

心臓がドキドキと暴れ出し、呼気が熱を帯びる。視線が至近距離で絡めば、もう口づけへの欲求を抑えられなくなった。

「は……ふ……っ」

いきなりの深いキスは、やや強引に舌を誘い出される。音を立て求め合ううちに、互いの身体を弄らずにはいられない。

脱ぎ着しやすい寝衣だったシェリルは、たちまち裸にされてしまった。こちらが官能的な接吻に夢中になっている間にウォルターも素早く服を脱ぎ捨てている。その手際の良さは感嘆そのもの。

そんなにも自分を欲してくれているのだと思うと、ゾクゾクとした官能がシェリルの内側で大きくなった。

「ん……っ」

決して豊満ではない乳房を捏ねられ、形を変えられる。頂は既に硬く尖り、彼の掌が掠める度に喜悦を生んだ。

勿論、どこもかしこも気持ちがいい。直接触れられていなくても、脚の付け根はどんどん潤んだ。

愛しさがそのまま蕩けて滲むよう。

シェリルの全部で、ウォルターが欲しいと叫んでいた。

「あ……っ、ウォルター様が、好きです……っ」

「優しくしたいのに、そんなことを言われたら箍《たが》が外れてしまう」

こめかみに贈られるキスは果てしなく労わりに満ちている。それでいて彼の声には余裕がなかった。

剝き出しの渇望がシェリルを煽る。睫毛の絡む近さで見つめ合えば、喰らわれてしまいそうな猛々しい眼差しに射抜かれた。ただひたすらにシェリルを乞う瞳。欲されることの心地よさで全身が痺れた。

「僕はシェリルをこの世で一番愛している」

欠片も嘘がないと信じられる台詞に、心が揺さ振られる。同じ熱量の想いを、こちらからも返したいと願った。

そっと手を伸ばし、シェリルは拙い口づけをウォルターに贈る。唇を重ねるのが精一杯。技巧も何もない覚束《おぼつか》なさだが、彼は微笑んで頭を撫でてくれた。

「可愛い」

ウォルターが喜んでくれたことがシェリルに勇気をくれる。もっと彼を虜にしたくて、少し大胆に首筋へ吸い付いた。

上半身を密着させ抱き合えば、二人の間で乳房が潰れる。汗ばむ肌はしっとりと重なり、体温が溶け合うようで心地いい。

心音が響いてくるのも堪らなくて、シェリルは欲望に従いウォルターの首に軽く歯を立てた。

勿論、痛みを覚えるほどではない。ごく僅か、肌に食い込ませただけ。けれど背徳感が絶妙なスパイスになる。

身じろいだ彼にしがみつき、噛んだ場所を今度は舐めた。

「……ふっ、擽ったいな。こういう悪戯を知っているとは思わなかった」

「今初めてしました。ウォルター様以外には今後もしたくありません」

シェリルが積極的になるのは、彼しかいない。快楽を味わってほしいのも、悦ばせたいのもウォルターだけだからだ。

「本当に君は……僕を掻き乱す天才だ」

「あ……っ」

お返しとばかりに鎖骨付近に吸い付かれ、シェリルは反射的に身を引いた。だが向き合って座り腰を抱かれた状態では、身体を逸らすにもたかが知れている。

すぐに抱き寄せられて、再び隙間なく肌を重ねた。

抱擁されているだけで際限なく心が安らぐ。同時に心音が乱れて、何かを渇望してやまなかった。

こうしていれば満たされるのに、貪欲になる自分もいる。心と身体を深く繋げる方法を知っているから、物足りない。騒めく気持ちを懸命に落ち着かせ、それでも瞳は物欲しげに彼を見つめ続けていた。

「ウォルター様……」

「誘惑が上手くなった」

後方に押し倒されれば、シェリルは仰向けで彼を見上げる体勢になる。

視界は愛しい人でいっぱい。ウォルターが覆い被さってくるのを淫らな期待で待ち望んだ。

「ん……ぁ、あ」

色付いた乳嘴を食まれ、捩った身体を押さえ込まれる。

両手は頭上で纏められて、潤る双眸に隈なく肢体を視姦された。汗ばむ首から乳房、あばらの窺える脇から腰の括《くび》れへと。その下の繁みもじっくり見られ、恥ずかしさが膨らんだ。

「……ぁ、ん」

その上で、絶対に目を逸らされたくもない。一瞬たりとも自分以外に興味を持ってほしくなかった。

我ながら呆れる独占欲と我が儘振り。けれどきっと彼なら許してくれる。そう思えることを、信頼や愛情と呼ぶのだと、教えてくれたのもウォルターだった。

息をする度、呼気が濡れてゆく。肌の色、汗の珠、産毛に至るまで全てを見逃すまいとする彼の双眸が燃えている。

きっと同じ焔がシェリルの瞳にも宿っているだろう。

共に燃やし尽くされても構わない。地獄に堕ちるとしても、ウォルターと一緒であれば恐れはなかった。

「とても綺麗だ。淫靡なのに何故か清廉で」

シェリルの肉体を愛でるように彼の指が線を描き、淡い接触が至る所を敏感にしてゆく。

ほぅと息を吐けば、聞いたこともないくらい淫らな色を孕んでいた。

どんな褒め言葉であっても、愛しい人から告げられるから心が弾む。唯一の人に、より良く見られたくて、シェリルは誘惑を視線に乗せた。

膝で、思わせ振りにウォルターの腰を摩る。気の利いたことは言えなくても、溢れんばかりの想いを込めた。

それが伝わったのかは分からない。けれど彼は嫣然と微笑んでシェリルの秘唇へ指を忍ばせてきた。

「はぅ……っ」

花弁はもう濡れそぼっている。滑りをたっぷり纏わせた男の指が、難なく隘路へ入ってきて、早くもシェリルの感じる場所を探り当てた。

淫窟でウォルターの指を頬張り、蜜液がいやらしい水音を立てる。膨れた花芯を同時に捏ねられると、たちまち悦楽が大きくうねった。

「あ……」

シェリルが声を堪えられず仰け反れば、弱い部分を重点的に責められる。腹側の一点を繰り返し摩擦され、涙が滲み視界がたわむ。たちまち高みへ押し上げられ、シェリルはか細く鳴いて打ち震えた。

「ぁ、ああ……っ」

凶悪な快楽ではなく穏やかさもある絶頂感。だがこれで終わりではない。

虚脱したシェリルの両脚は抱え直され、左右に大きく開かれた。

「もっと声を聞かせてほしい」

甘い囁きで下腹が収斂する。言葉一つでシェリルから冷静さを奪う彼は、ある意味悪辣だ。平気な振りをさせてくれないし、心を他所へ飛ばすこともできなくなる。

ウォルターの声、香り、感触の全てを心と身体に刻みたくて、集中せざるを得なかった。

「あ……駄目……っ、そんなにしちゃ……っ」

肉槍の先端で媚肉を擦られ、彼の剛直の括れに肉芽が引っかかる。指や舌とも違う感覚は、見知らぬ恍惚を連れてきた。

下へ視線をやれば視覚からの衝撃も凄まじい。秘めるべき場所をウォルターの楔が前後に往復している。その光景は淫猥で、とても直視できるものではなかった。

「や、ぁ、あ……ッ」

淫蕩な水音が鼓膜を叩き、耳からも辱められている気分になる。全ての五感で彼を感じ取り、いつしかシェリルは自らふしだらに腰を蠢かせていた。

内側へ入ってきそうで入ってこない肉杭が、花芽と陰唇を捏ね回す。粘着質な水音が段々大きくなり、それに伴って法悦も膨らんだ。

陰核を弾かれ潰されるのも気持ちいいが、次第に蜜襞が切なさを帯びる。だが内壁を直接擦ってほしいなんて、とても口には出せない。

シェリルはウォルターの動きに合わせて浅ましく身を捩り、偶然を装って自らのいいところへ切っ先を誘導した。

「んぁ……ア、あ……っ」

もどかしい快楽が余計に渇望を煽る。いっそ自ら蜜口を指で開いて『ほしい』と口走りたくなった。

辛うじて残る理性を総動員してふしだらな真似を避け、シェリルは堆積していく飢えを持て余す。本当なら早く彼と繋がりたい。

一番奥でウォルターを感じ、一つに絡まり合いたかった。

「シェリル、君の中へ入っていい？」

「ふ、ぁ……あ……っ」

小刻みに頷くことしかできないシェリルの頬が撫でられる。添えられた手は温かくて、眦の涙を拭ってくれた。

ギリギリで己を律していたシェリルの爪先に力が籠り、浮き上がった腰はあまりにも素直。饒舌に欲望を曝け出していた。

「は……こんなに淫らなシェリルを見られるのは、僕だけだ」

「ぁ……あああッ」

「まだ気をやっては駄目だよ」

長大な楔に貫かれ、一瞬で意識が飛んだ。

けれど直後に彼が腰を引き、再び鋭く突き上げてくる。シェリルは身構える間もなく悦楽の海に投げ込まれた。

「んぁっ、ぁ、あぅ……っ」

立て続けに淫筒を掻き毟《むし》られ、張り詰めた肉茎に爛れた内壁を摩擦されて、快楽の頂へ飛ばされる。

息が整うのも待ってはもらえない。

繰り返される打擲は、全てシェリルが冷静ではいられなくなる箇所を的確に突いてきた。

抉られ、抉じ開けられて、叩き付けられる。

容赦なく快感の坩堝《るつぼ》に落とされ、這い上がれない。次々に愉悦の波が襲ってきて、溺れまいと足掻くしかなかった。

「ぁああッ、ぁ、あんっ、……ひ、ぁああッ」

汗が飛び散り、光が爆ぜる。迂闊に喘げば舌を噛みかねないほど全身を揺さ振られた。

夢中でウォルターの背に手を回し、律動に置いて行かれまいとしがみ付く。

せっかくの髪形を気にする余力はもはやない。

汗塗れになりながら、シェリルはシーツの上でのたうった。

熟れた蜜壷は多少乱暴に貫かれても、全てを喜悦に変換する。めくるめく法悦は肥大化するばかり。

弾けるその時まで、際限なく大きく育った。

「あぁあ……も、もう……っ」

「イってもいいが、今日は一度では終われない」

恐ろしいことを言われた気がするのに、シェリルの蜜路は甘く収斂した。

さながら『もっと』と強請っているよう。

淫窟が生々しく彼の屹立をしゃぶり、形が伝わってくる。絡みつく粘膜を引き剝がすように動かれ、愛蜜が泡立って局部を濡らした。

「はぁんッ、ぁ、あ、んぁあッ」

喘ぐだけになったシェリルの喉は、まともな言葉を紡げない。明日の朝にはおそらく嗄《か》れているし、既に僅かな痛みがあった。

それでも声を堪えられず、嬌声が迸る。

自分の声とは信じられない発情した女のものに、クラクラと眩暈がした。

恥ずかしさも燃料にして悦楽は膨らみ、最奥を何度も叩かれ、内臓が圧迫されている気もする。しかしそれさえ官能に変わり、シェリルは激しく鳴いた。

「あ……ッ、んぁああ……アッ、あああッ」

子種を期待した子宮が下りてきて、愛しい男の白濁が注がれるのを待ち望んでいる。孕んでしまうかもしれない妄想は、シェリルの快楽を助長するだけだった。

未婚で子どもを授かれば、今以上に自分の立場は難しいものになる。いくらウォルターが庇ってくれても、あれこれ言う者は後を絶たないに決まっていた。

――それでも……彼の子を得られたら、どんなに幸せだろう。

思い描く未来には、幸せに笑う自分と隣で微笑んでくれるウォルター。そして彼そっくりの子どもたち。少し前までは想像することすらおこがましくて、とてもできなかった。だが今は、自ら摑み取りたいと思っている。

「シェリル……っ」

名前を呼ぶ男の声が切羽詰まったものになる。体内の肉槍は質量を増し、限界まで蜜洞を押し広げた。

愛する男を貪ること以外何も考えられない。一つになりたくて、シェリルは両脚を彼の腰へ巻き付けた。

「あああ……っ」

「……っく」

未だかつてない愉悦に襲われ、幾度も四肢が強張り痙攣する。

力強く穿《うが》たれ、絶頂の波は過去最大だった。恍惚の味に酔いしれ、しばし光も音も遠ざかる。

シェリルが感じ取れるのは体内に吐き出される欲望の証だけ。断続的に最奥へ注がれる体液が、子宮を満たした。

「ぁ……あ……」

指先の震えが止まらない。内腿も戦慄いたまま。

茫洋としていたシェリルの瞼に唇を落としたウォルターが腕を摩ってくれ、飛散していた現実感が少しずつ戻ってきた。

「愛している、シェリル」

額と鼻を擦り付けられ、乱れた髪を撫でつけてくれる手が温かくて嬉しい。大事にされているのが実感できる。

けれどシェリルの内側で再び首を擡げ始めた昂りは凶悪だった。

「あ……、ま、待って」

「やっと君の心も身体も手に入れられたのに、一度では全く足りない」

色香を滴らせて微笑む彼は、見惚れるほど麗しい。だがその瞳には、ぎらついた欲望が

鎮座していた。

「もっとシェリルを愛したい」

正直なところ、もう充分だ。身体中が重くて休息を求めていた。こんなにも情熱的に抱かれたのは初めてで、既にあらぬところが筋肉痛になる予感がしている。

最悪の場合、明日は本当にベッドから起き上がれなくなっている恐れがあった。そんな羽目に陥れば、新たにシェリル付きになったメイドに何と言えばいいやら。流石にまだそこまでの信頼関係は築けていないのだ。

「あの……もう……」

「ようやくシェリルを得られたのだと、実感させてくれ。でないと不安で君をまた無理に捕らえて閉じ込めたくなってしまう」

愛しい人の懇願をすげなく断れる人間がいるなら、教えてほしい。

シェリルはウォルターの激しい求愛に、白旗を揚げることしかできなかった。思い悩んだのは僅かな時間。結局は彼に微笑みかけ、手を広げたのだから同罪だ。

——明日起きられなくても、諦めよう。

「もし朝食の時間に食堂へ行かれなかったら……ウォルター様の責任だと皆に謝ってくださいね」

「そんなことなら、喜んで」

陶然と微笑んだ彼が甘いキスを仕掛けてくる。舌を絡め粘膜を擦り合わせると、シェリルも恍惚を味わえた。

こうして温もりを分かち合える人がいる喜びには、抗えない。ずっと望んでいた幸せの中に、今シェリルはいた。幸福に浸る誘惑を拒む強さは持っていないし、彼には我が儘を言ってもいいのだと思うと、胸が震える。

この先どんな壁に阻まれても、ウォルターと生きていきたいと心の奥底から願った。

エピローグ

「ゴールウェイ前伯爵は、初めから息子の妻候補としてシェリル嬢を迎え入れたそうじゃないか。幼かった彼女は抜きん出て聡明かつ美しく、是非手元で養育したいと望んだとか。素晴らしい先見の明だな」

そんな見え透いた作り話を人々が信じたのは、発言者が王太子だったからに他ならない。別の人間が口にした言葉であれば、一笑に付されたはずだ。

だがさも意味深に「ウォルターへ嫁ぐ令嬢が誰でもいいとは、流石に僕も言えないからねぇ。でも前伯爵が白羽の矢を立て教育した娘ならば間違いはないだろう」とこぼしたことで、表向き非難する声は小さくなった。

ウォルターの母親に関する真実を知っている者は『王家に牽制された』と感じ、何も知らない者は『王太子が後押しするなら、仕方ない』と渋々口を噤んだ形だ。

勿論、全ての者が二人の婚姻に納得したわけではない。水面下では、今もシェリルとウォルターを引き裂く方法を練っている輩がいる可能性は高かった。

しかしどうしたことか、すっかり大人しくなった叔父が反対する親族を説得して回っているそうだ。

それを聞いた時、シェリルは本当に驚いた。

「あの叔父様が私たちの関係を妨害してこないどころか、認めてくださるなんて……」

「色々あって、叔父上も考え直してくださったようだ。諦めず何度も交渉した甲斐があった」

ニッコリと笑ったウォルターに若干不穏なものが見え隠れした気もするが、シェリルは敢えて目を逸らした。

世の中には知らない方が幸せなこともある。

とにかく紆余曲折《うよきょくせつ》あったものの、シェリルとウォルターは至極穏便に兄妹ではなくなり、ハンナの件から約半年後、晴れて夫婦になったのだ。

奇しくも、養父の喪が明けたらゴールウェイ伯爵の籍からシェリルを抜き、妹でなくなるという取り決めが実現したことになる。

違うのは、『他人』ではなく『夫婦』に変わった点。労わり合える新しい繋がりを築けた証だった。

それに伴い、『主夫妻の寝室』へ二人の部屋は移動している。今夜も眠る前の貴重な夫婦の時間を、ベッドに横たわり楽しんでいた。

「今日もお仕事お疲れ様でした」

「ありがとう。シェリルもあれこれ用事が立て込んで、疲れているんじゃないか？」

「いいえ。これくらい何でもありません」

「そうか？　もし身体が辛かったらいつでも休んでくれ」

気遣われて、胸が擽ったい。シェリルは頬を赤らめながら頷き、ふと壁に飾られた一枚の絵に目が留まった。

それは二人が教会で愛を誓い合った日を記念して描かれたもの。幸福感を滲ませたシェリルとウォルターが生き生きと写し取られていた。

結婚式を挙げた日のことは、おそらく一生忘れられない。

純白のドレスに身を包んだシェリルを、ウォルターはうっとりと眺め、式の間中『綺麗だ』と囁いてくれた。彼の方がよほど麗しい花婿だとシェリルは思ったのだが、終始褒め称えられて嬉しかったのを覚えている。

挙式は驚くほど盛大に執り行われ、国王の祝辞を携えた王太子まで出席したものだから、残っていた不満の声はものの見事に吹き飛ばされた。

下手にゴチャゴチャ言い続ければ、王家に異を唱えることにもなりかねないと、ようやく悟ったようだ。

その日以降、シェリルに対する中傷は大部分が消え、周囲は静かなものである。

あんなにも悩んでいた日々が大袈裟だったのかと訝るくらい、アッサリと掌を返されたような気分だ。

——悪い方向へ変わったのではないから、よかったのだけど……ウォルター様が頑張ってくださった——のよね？　気づいたらゴールウェイ伯爵家の使用人がほとんど入れ替わっていたのも……

家令のヒューバートはそのままだが、何かとシェリルへの当たりが強かった家政婦は知らぬ間に引退していた。

陰でシェリルを嘲笑していたメイドたちの顔触れも一新している。数か月前から女主人として家内の帳簿をチェックしているので、採用費が半年前にいきなり増えたのを確認したから、間違いない。

しかし人手不足などの問題は起こっておらず、邸内は以前より明るく居心地がよくなっていた。

シェリルの専属メイドも、『このお屋敷は本当に働きやすいですね。奥様が優しいお方だからでしょうか』と微笑んでくれているので、結果的には問題なしなのだが。

——全部が私にとって都合よく回っているみたいで、少々怖くもあるわ。こんなに恵まれていて、大丈夫かしら。

世間の評価ががらりと変わり、シェリルの行動制限は解除された。危険はなくなったとウォルターが判断し、今では定期的に養護施設への視察も再開している。

先日は施設出身の子どもがウォルターの支援する学校へ特待生として入学したと聞き、

喜ばしい限りだ。

また新たにシェリルの名を冠した乳児院を開設することも決まり、日々あちこち飛び回って多忙を極めていた。

しかし充実した生活のおかげで、疲れは感じていない。

愛する夫と生活し、願っていた活動に精を出し、シェリルの毎日は輝いている。

いつからか諦めることに慣れ、未来に期待を持つまいとしていた。しかしそんな日々が終わったことをしみじみと噛み締める。

シェリルの本当の人生はこれから始まるのかもしれない。ウォルターの隣に立ち、ようやく自分の足で歩き出した実感があった。

「シェリル、明日の休日は久し振りに馬で出かけようか」

「ええ、是非行きましょう。楽しみです」

夫からの提案に頬を染め頷く。明日への期待と希望で、シェリルは満面の笑みを浮かべた。

あとがき

初めましての方も二度目以降の方もこんにちは。

山野辺《やまのべ》りりです。

今回は、フェチを書いてみたいなと考えたお話です。

人それぞれ拘りポイントがあるよね……と思いつつ、敢えて若干気持ち悪いと感じられてしまいそうな領域まで踏み込んでみたつもりです。

全然平気！　という方もいらっしゃるかもしれませんが、『うわ』となる方のギリギリ許容範囲を攻めてみたい。

皆様がどこまで許してくださるのかを量りたい。あわよくば、知らなかった世界を広げてみたい。そんな打算があります。

だってそうすれば、もっと冒険しても大丈夫かもしれないですもんね！

などとゲスいことも目論見ながら、一応純愛のつもりではあります。

何せ、淡い恋心を大事にしている主人公たちが盛大に擦れ違うストーリーなので。

血の繋がらない兄妹の二人が互いに傷つけ合い、迷って間違え最後にどこへ着地するのかを見届けていただけたら嬉しいです。

主人公たちの良き思い出としてスケートシーンを入れましたが、湖がガチガチに凍るレベルの気温は相当低いだろうな、と寒さが苦手な私は妄想だけで震えます。

比較的温暖な地で育っているので、雪と和解できないのです。まず、積もられたらまともに歩けないエリア民なので勘弁してください。雪が降ったら、お休みです。

ちなみに私は、過去に一度しかスケートをしたことがないので、とても自力でスイスイとは滑れません。昔、インラインスケートは短期間やっていたのですが……何か、全然違う。重心のかけ方とかが。

基本インドア派なので、自由自在にスケートで滑れることに憧れはしても、大人になった今はチャレンジ自体怯んでしまいますね。骨折、怖いし(リアル)。

そんな話はともかく、今回イラストは氷堂《ひどう》れん先生です。

いつも素晴らしく、毎回『綺麗……』と新鮮な感動をありがとうございます。

この本の完成までに携わってくださった全ての方々へ心より感謝しております。

最後に、ここまでお読みくださった読者様。『お前が雪弱なことなどどうでもいいわ』とお思いかもしれませんが、本当にありがとうございました!

またどこかでお会いできることを願っています!

山野辺りり

Sonya
ソーニャ文庫

この本を読んでのご意見・ご感想をお待ちしております。

◆ あて先 ◆

〒101-0051
東京都千代田区神田神保町2-4-7 久月神田ビル
㈱イースト・プレス　ソーニャ文庫編集部
山野辺りり先生／氷堂れん先生

冷徹伯爵《れいてつはくしゃく》の愛玩人形《あいがんにんぎょう》

2025年5月8日　第1刷発行

著　　者　山野辺《やまのべ》りり
イラスト　氷堂《ひどう》れん
装　　丁　imagejack.inc
発 行 人　永田和泉
発 行 所　株式会社イースト・プレス
〒101－0051
東京都千代田区神田神保町2－4－7 久月神田ビル
TEL 03－5213－4700　FAX 03－5213－4701
印 刷 所　中央精版印刷株式会社

ISBN978-4-7816-9783-3
定価はカバーに表示してあります。